Inklusorium

Joseph Maria Gerhard

Inklusorium

*Bibliografische Information der Deutschen National-
bibliothek:*

*Die Deutsche Nationalbibliothek verzeichnet diese
Publikation in der Deutschen Nationalbibliografie;
detaillierte bibliografische Daten sind im Internet
über http://dnb.dnb.de abrufbar.*

*TWENTYSIX – Der Self-Publishing-Verlag
Eine Kooperation zwischen der Verlagsgruppe
Random House und BoD – Books on Demand*

*Herstellung und Verlag:
BoD – Books on Demand, Norderstedt*

ISBN: 978-3-740-70601-2

In | klu | so | ri | um

Eine kleine, von der Außenwelt abgeschnittene
Zelle in denen die eingeschlossenen Inklusen in
Weltabgewandter Askese den Gebeten und dem
Verfassen von Schriften nachgingen.

Kapitel Eins

„Die Kugeln schlugen links und rechts ein und obwohl er ein erfahrener Polizist war gelang es ihm nicht sein Ziel zu treffen. Immer wieder betätigte er den Abzug aber er war einfach zu nervös. Zu sehr hatte ihn das vergangene halbe Jahr an Kraft gekostet und jetzt, da ihm sein schlimmster Feind kaum fünf Meter gegenüberstand, war er nicht fähig ihn auszuschalten. Das kalte, mechanische Klicken verkündete das er die letzte Patrone verschossen hatte. Langsam senkte er seine Waffe, letzte Rauchschwaden züngelten sich aus dem Lauf.

Er wusste was jetzt kommen würde. Dem hallenden Schuss folgte ein dumpfer Schlag in die Brust und während er langsam zu Boden sank, wurde das Bild vor ihm immer verschwommener. Sein Rivale kam näher und er blickte ein letztes Mal in den Lauf einer Waffe. Die Jagd nach dem Serienkiller war für ihn vorüber, jedoch mit anderem Ausgang als er sich erhofft hatte. Der Geschmack von Eisen und Blut sammelte sich in seinem Mund und dem letzten Schuss folgte ewige Dunkelheit…"

Unzufrieden mit dem Geschriebenen, überlegte und haderte er eine ganze Zeit lang. Schließlich löschte er einige der Zeilen wieder.

„Mit dem Eindringen der Kugel in seinen Körper überkam ihn die ewige Dunkelheit", las er lautlos während er begann zu tippen.

Je öfter er es las, umso weniger gefiel es ihm und wieder löschte er Zeile um Zeile. Endlos reihten sich so Versuch und Irrtum aneinander um den Satz in unzähligen Variationen neu zu schreiben. Nie war er zufrieden und selbst wenn, er wusste einfach nicht wie es danach weiter gehen sollte. Er war schon jeher ein Zweifler.

Thomas steckte fest. Schon oft hatte er sich bis an diese Stelle herangeschrieben aber noch nie kam er darüber hinaus. Mit dem Ende seines noch namenlosen Hauptcharakters überkam auch ihn stets die Dunkelheit. Wenn es auch für ihn natürlich nicht den Tot bedeutete, so kam sie ihm kaum weniger bedrückend vor.

Eine Schreibblockade bei einem Schriftsteller, der ausschließlich vom Erstellen von Schriften lebt, kommt aber ebenfalls einem Todesurteil gleich dachte er sich und ließ sich in seinen alten Sessel zurückfallen. Dabei lief es heute Morgen noch so gut, direkt nach dem Aufstehen hatte ihn die Lust zum Schreiben gepackt. Aber bereits nach wenigen Zeilen verfiel er in alte Muster. Als hätte Thomas keine Kontrolle über seine Gedanken, verliefen sich die Zeilen immer und immer wieder in der gleichen Sackgasse. Jedes Mal starb der Polizist und Thomas kam nicht weiter. Auch wenn er den Polizisten überleben lies, konnte er den Handlungsbogen einfach nicht weiterspannen.

Frustriert schaute er nach der Seitenanzahl um herauszufinden wie weit er denn gekommen war. Sechsundsechzig Seiten waren es, die Zahl war erschütternd. Denn erstens hatte Thomas heute bei Seite vierundsechzig begonnen und zweitens war es bereits ein Teil vom Ende an dem er schrieb. Der Anfang war ihm zudem nicht sonderlich gelungen wie er fand und der Mittelteil fehlte inklusive einer zusammenhängenden Handlung. Das Ende war bekanntermaßen auch weder fertig noch zufriedenstellend und da Thomas einen dreihundert Seiten starken Roman angepeilt hatte, konnte man sein bisheriges Ergebnis getrost als Katastrophal bezeichnen.

„Schuster, bleib bei deinen Leisten. Vielleicht ist da etwas Wahres dran", dachte er sich und vergrub sein glänzendes, aufgedunsenes Gesicht in seinen verschwitzten Händen.

Vor einigen Jahren war Thomas äußerst erfolgreich beim Verfassen von seichten Liebesgeschichten und einfachen Komödien gewesen. Wahrlich keine Kandidaten für Literaturpreise, aber es waren ordentliche Arbeiten. So erfolgreich sogar das zwei seiner Romane verfilmt wurden, was ihm nicht nur eine gewisse Bekanntheit einbrachte, sondern obendrein auch ein Vermögen beschert hatte. Sein Name Thomas Diem Write stand in Schreiberkreisen einst für solides Handwerk und verlässliche Unterhaltung.

Von alledem war nichts mehr übrig. Der Ruhm war schneller verblasst als er gekommen war und hatte nichts weiter hinterlassen als erdrückende Erwartungen. Erwartungen seitens des Verlages, seitens der Öffentlichkeit und nicht zuletzt auch seine eigenen. Neben dem Ruhm ging, mit dem Vermögen, auch seine Ehe den Bach hinunter, so dass er nur noch ein kümmerlicher Rest dessen war, was er noch vor einiger Zeit repräsentiert hatte. Seit Jahren hatte Thomas nichts Vernünftiges mehr zu Papier gebracht und jetzt zu sagen, er hätte lieber bei seinem Steckenpferd bleiben sollen war Augenwischerei. Den Genrewechsel hatte er nicht vollzogen um sich neu zu erfinden oder sein Spektrum zu erweitern. Nein, es war reine Verzweiflung. Niemand wollte mehr lesen was er zu schreiben hatte über lustige Hochzeiten oder Männern, die in Frauenkostümen absurde Familienfeste torpedieren. Einzig seinen vergangenen Erfolgen war es zu verdanken, dass sein Verlag ihn nicht schon längst rausgeschmissen hatte. Den Platz, den sein altes Leben hinterlassen hatte, füllte er seitdem ganz stereotypisch mit Alkohol, was bei einer Schreibblockade sicher wenig hilfreich war.

Er wusste nicht wie lange er jetzt an den wenigen Zeilen seines Manuskripts gesessen hatte, aber seine Kehle schrie förmlich nach einem wohltuenden Schluck. Thomas wusste das der Alkohol seine Kreativität nicht förderte aber es war ihm egal. Wenn er nüchtern nichts zu Stande bekommen würde, könnte er sich auch ebenso gut besaufen. In Wahrheit aber war Thomas schon seit Wochen nicht mehr richtig nüchtern und der Zustand der kleinen Wohnung spiegelte seine Verfassung unverblümt wider. Als Thomas aufstand wurde ihm dieser Umstand wieder bewusst. Beinahe wäre er gestürzt, hätte er nicht in letzter Sekunde die Tischkante zu fassen bekommen. Zwischen verdrecktem Plastikgeschirr, unzähligen Notizen und schmutzigen Klamotten wühlte Thomas orientierungslos nach einer Flasche.

„Irgendwo hier lag sie doch", lallte er und da es die ersten Worte waren, die er an diesem Tag laut aussprach, klangen sie pfeifend und kratzig.

Sein Gaumen war rau, der einsetzende Husten schmerzte ihn.

„Scheiß drauf", winkte er ab und taumelte durch den Unrat zum Schrank um eine neue Flasche hervorzuholen.

Das bisschen Geld das ihm geblieben war, vornehmlich durch alte Tantiemen, konnte er fast vollständig in Alkohol investieren was er auch bereitwillig tat. Die Wohnung wurde vom

Verlag finanziert und obwohl er schon seit Ewigkeiten nichts Brauchbares abgeliefert hatte, beließen sie es dabei.

Die Großzügigkeit der Verlagsleute war natürlich nicht selbstlos. Zweifelsohne wollten sie Thomas bei Laune halten und hofften, er würde irgendwann zu alter Stärke zurückfinden und sich dann wohlwollend an das Verlagshaus erinnern.

Weiterhin war die Großzügigkeit auch überschaubar, denn die Wohnung war klein. Mit Zwei winzigen Zimmern sogar sehr klein aber dafür weit oben in der Gott Weiß wievielten Etage eines alten Hochhauses. Ohne Lift. Trotz, dass sie so weit oben gelegen war, bot sie aber keinerlei erwähnenswerte Aussicht. Alle umliegenden Gebäude waren deutlich höher und ragten wie Türme in den smogverhangenen Himmel der Stadt. Folgerichtig hatte die kümmerliche Behausung womöglich noch nie das Sonnenlicht gesehen.

Schon gar nicht seit Thomas hier wohnte, denn als sein einziger Freund und gleichzeitig Agent des Verlages ihn vor einigen Monaten hier einquartiert hatte, war er schon längst der Flasche anheimgefallen. Da sich sein Verhalten seitdem auch nicht gebessert hatte, und er den Großteil des Tages betrunken in einer der verwahrlosten Ecken vor sich hinvegetierte, waren die Jalousien selten offen gewesen. Nur durch die Mottenlöcher und den ohnehin dünnen Stoff der filigranen Dinger, schien so etwas wie Tageslicht hindurch. Die üppige Stadtvilla im besten Viertel war mit dem ausbleibenden Erfolg nicht mehr zu halten gewesen. Seine Frau hatte sich da schon längst von ihm scheiden lassen und Thomas wusste bereits nicht mehr ob der Alkohol der Grund dafür oder die Reaktion darauf war.

Thomas ließ sich wieder in den Sessel fallen und legte die Füße auf den heillos überfüllten Schreibtisch. Das Geräusch, das die herabfallenden Unterlagen dabei machten ließ darauf schließen, dass die gesuchte Flasche sich darunter befunden hatte. Der Geruch der ihm in die Nase stieg darauf, dass sie den Sturz nicht überstanden hatte. Er nahm es mit Bedauern zur Kenntnis. Nicht wegen den zahllosen Papieren, die sich mit der stark riechenden Flüssigkeit vollsogen, sondern um den vergeudeten Rausch den er sich damit hätte herbei saufen können. Die neue Flasche drehte er eilig auf, das Rascheln der Papierummantelung am Flaschenhals und das Knacken des Verschlusses beim ersten Öffnen ließen ihn bereits erwartungsvoll zittern. Thomas war mit seinem Alkoholismus bereits auf Profiniveau angekommen und verzichtete auf ein Glas. In der Wohnung hätte er ohnehin kaum ein sauberes gefunden. Er war sich nicht einmal sicher ob er überhaupt Gläser besaß.

Die ersten kräftigen Schlucke durchliefen wie milder Honig seinen geschundenen Gaumen und kaum hatte er die Flasche abgesetzt um Luft zu holen, verbreitete sich das von ihm so geschätzte wohlig wärmende Gefühl. Sein Rachen war wieder beruhigt, die Stimme glasklar. Die schwere Decke die sich jetzt über seine Gedanken legte war ihm keinesfalls fremd oder unwillkommen. Am wichtigsten aber war, dass ihm die Fortschritte oder vielmehr die ausbleibenden Fortschritte in seinem Buch vollkommen gleich waren. Um den Effekt zu verstärken nahm er weitere, tief gluckernde Züge und setzte die Flasche erst ab als sie zur Hälfte geleert war und er nicht umhin kam Luft zu holen. Den feuchten Schimmer, den sein gieriges Schlingen um seinen Mund herum hinterlassen hatte, leckte er gerne ab. Es war wie ein zarter, zweiter Kuss nach dem innigen ersten. Eine süße Nachspeise. Es funktioniere. Wie immer.

Thomas lies Stunde um Stunde vor sich hin plätschern und am Ende hatte er den Tag verschwendet, so wie er jeden Tag ungenutzt verstreichen ließ. Der glasige Blick hing fest an seinem Laptop, dessen grelles Display seit dem Morgen die Unordnung auf dem Schreibtisch in ein kaltes, steriles Licht getaucht hatte. Jetzt war es längst dunkel geworden und diese einzige, abstrakte Lichtquelle seiner Wohnung fesselte ihn.

Er konnte sie hören. Die Medien, für die bereits sein Niedergang damals ein gefundenes Fressen war. Seine Exfrau, die ihn erniedrigte und demütigte, ihn öffentlich als Versager bezeichnet hatte. Der Verlag, der ihn unter Druck setzte und sein Agent, der trotz aller Freundschaft immer wieder auf ihn einredete doch weiterzumachen. Der Cursor des Schreibprogrames hing irgendwo hinter einem halb fertig geschriebenen Wort fest und blinkte unermüdlich. Tick-Tack.

„Ein halb fertiges Wort in einem halb fertigen Satz eines Romans, der nicht einmal zur Hälfte fertig war", dachte Thomas.

Sein alkoholdurchtränkter Geist brauchte einen Moment um den Satz zu formen. Aber jetzt hatte er sich gnadenlos festgesetzt. Das Blinken des Cursors war fordernd, drängend und unerbittlich wie das Ticken einer Uhr. Bald konnte er es auch hören. Jedes Aufleuchten des schwarzen kleinen Striches klang wie ein Donnerschlag in seinen Ohren. Tick-Tack.

Der Trommler trieb ihn an. Der Laptop war zu seiner Galeere geworden und würde er nicht rudern, so käme er nie an. Thomas war ein Gefangener. Aber es fehlte ihm die Kraft zum Rudern und überhaupt schien es ihm als wäre er der einzige, der sich um ein vorankommen bemühen würde. Die anderen, die mit ihm im modrigen Bauch des Schiffes saßen, hatten sich mit dem gnadenlosen Trommler verbündet. Alle prügelten auf ihn ein, der Druck wuchs und

Thomas war sich nicht sicher wie lange er ihm noch standhalten konnte.

Er hievte sich mühsam aus dem Sessel, schweren Ganges wankte er durch die Wohnung um sich eine weitere Flasche zu holen. Thomas konnte sich kaum aufrecht halten, seine Beine gehorchten ihm nicht. Schon auf einem aufgeräumten Boden hätte er mit dem Laufen Schwierigkeiten gehabt und so kam es wie es kommen musste. Er stürzte über seinen Unrat und schlug mit dem Kopf heftig an der Fensterbank an. Sein ohnehin trüber Blick färbte sich blutrot, ehe er in einer Mischung aus Resten von Asiatischem Essen und leeren Flaschen zu Boden ging und das Bewusstsein verlor.

***

Spät öffneten sich seine Augen. Der rote Schleier war verschwunden, der trübe Blick geblieben. Thomas nahm es hin und blieb liegen. Irgendwie fand er der Haufen Müll in dem er lag bequem und der Gestank, der aus den verschimmelten Plastikboxen kroch, war gar nicht so schlimm. Immerhin war es für ihn der erste Geruch seit Tagen, der etwas Essbarem am nächsten kam.

Das abstrakte Licht des Laptops strahlte eine Reihe von Bilderrahmen an der gegenüberliegenden Wand an, die Thomas merkwürdigerweise erst aus dieser Perspektive wahrnahm. Es waren die letzten Zeugen aus erfolgreicheren Tagen. Die Filmplakate und Ehrungen ließen ihn für einen kurzen Moment sein erbärmliches Dasein vergessen und er war wieder der Thomas Diem Write, der nicht besoffen und mit aufgeschlagener Stirn in alten Nudeln lag.

Der auffordernde Cursor, dessen Hartnäckigkeit in den Reflektionen der Bilderrahmen zu sehen war, holte ihn aber bald zurück in die grausame Gegenwart. Tick-Tack.

Beim Anblick seines Hochzeitsbildes, welches er ganz bewusst zwischen all die Erfolge seiner Laufbahn gehängt hatte, war es endgültig vorbei mit der freudigen Erinnerung und Thomas stiegen Tränen in die Augen. Unter Schmerzen richtete sich er auf und zog sich an der Fensterbank nach oben. Sein Schädel schmerzte höllisch.

Die ohnehin marode Jalousie war bei seinem Sturz völlig zu Bruch gegangen und gab nun den Blick nach draußen frei. Auf Knien hängend sah Thomas in die verregneten Lichter des Großstadtmollochs.

Das Backsteingebäude gegenüber schien so nah zu sein, dass er glaubte es berühren zu können. Hinter dünnen, geschlossenen Vorhängen sah er das sterile Flimmern von Fernsehgeräten und anonyme Silhouetten vorbeihuschen. Thomas öffnete das Fenster, das sicherlich seit Jahren nicht mehr offen war, und streckte seinen Kopf durch die schmale Öffnung. Schwere Regentropfen fielen auf ihn nieder und sein Blick nach oben ließ ihn trotz der finsteren Nacht dicke Wolken vorbeiziehen sehen. Durch die schmale Häuserschlucht schnitt ihm kalter Wind ins nasse Gesicht, aber Thomas störte sich nicht daran.

Die gähnende Tiefe beim Blick nach unten wurde durch die hinabstürzenden Regentropfen verstärkt. Dort unten im trostlosen Dunkel war irgendwo die kleine Seitenstraße zu erahnen, die beide Gebäude voneinander trennte. Der tiefe Schlund des Molochs rief eine ungewohnte Angst in Thomas hervor, aber sie schreckte ihn nicht ab. Der Abgrund flehte nach ihm und sehnsüchtig starrte er hinunter.

Thomas Diem Write war ein Großstadtmensch
gewesen. Schon immer. Er war in der Stadt auf-
gewachsen und fühlte sich Zeit seines Lebens in
ihr wohl. Die Ausflüge zu seinem Großvater
aufs Land, als er noch ein Kind war, genoss er
zwar sehr aber eben nur wegen seinem Großvater. Stets war er froh gewesen, wenn es zurück
in die Stadt ging.

Damals entdeckte er aber auch seine Liebe für
das geschriebene Wort. Was zum Teufel sollte
ein kleiner Junge auch machen in der technik-
feindlichen Einöde, wenn die Erwachsenen
abends bei Wein zu Tisch sitzen. Die Bücher, die
ihm sein Großvater gab fesselten ihn und obwohl er noch ein kleiner Knirps war, erkannte er
das viele dieser Geschichten, die ihm so viel
Freude bereitet hatten, aus der Feder eines Mannes stammten, ein Tom irgendwas, Namen waren ihm damals egal. Aber Männer, die Kraft
ihres Verstandes unfassbare Charaktere und
ganze Königreiche erschaffen konnten, Sagen
von Helden und Monstern oder einfach nur
kleine Geschichten von Jungen und Hunden,

imponierten ihm seither. Dort wusste er was er einmal werden wollte. Kein Astronaut oder Rennfahrer wie andere Kinder in seinem Alter, er wusste früh er wolle Schriftsteller werden. Aber bitte nicht auf dem Land bei Gaslampen.

Dass ihn die eigentlich vertraute und geliebte Metropole jetzt so ängstige, ihm so fremd und anonym vorkam, konnte er nicht verstehen. Vielleicht waren es nicht nur die Erfolge die er hier feierte, sondern auch die Erwartungen die die Stadt an ihn hatte. Und wie sie ihn fallen gelassen hatte nachdem diese ausgeblieben waren. Die Presse war damals hart mit ihm ins Gericht gegangen und geschmacklose Berichte über seine Scheidung machten die Runde. Jedermann konnte seinen Niedergang verfolgen und vermutlich hatte es auch jeder getan. Die Stadt schien sich längst von ihm abgewandt zu haben, er hatte es nur nicht bemerkt.

Thomas stand auf, setzte einen Fuß auf den Fenstersims und griff mit beiden Händen zum Fensterrahmen.

Die Scheidung damals verkam zu einem schmutzigen Rosenkrieg und die Presse hatte sich darauf gestürzt wie ein Besoffener auf den Hering. Thomas kam dabei nicht sonderlich gut weg, sein Vermögen war verloren und seine ohnehin schon stockende Karriere kam völlig zum Erliegen. In dieser mentalen Verfassung Komödien zu schreiben war ihm unmöglich und blieb es bis heute.

Mittlerweile war seine Frau mit einem Immobilienmakler verheiratet und hatte wohl auch Kinder mit ihm. Im Nachhinein war es wohl ihre Schuld gewesen, sagte er sich. Wenn sie doch nur bei ihm geblieben wäre.

Thomas zog sich auf den Sims in die Nacht hinaus. Selbst zu dieser späten Stunde und hoch hier oben war der Lärm der Straßen deutlich zu hören.

Zwar hatte Thomas keinen wirklichen Vertrag mit dem Verlag, aber er veröffentlichte ausschließlich über diesen seine Werke. Über die Jahre war so eine stille Absprache getroffen und gehalten worden. Weit über das Maß hinaus zu dem er verpflichtet gewesen wäre, hatte der Verlag lange an Thomas festgehalten. Nicht zuletzt mit dem Bereitstellen einer Wohnung, so heruntergekommen sie auch war. Aber auch vom Verlag wurde, bei aller Freundschaft, der Druck zu liefern immer größer und Thomas erkannte das auch solch starke Bande irgendwann an ihre Grenzen stößt.

Der kalte Regen hatte Thomas' Kleidung völlig durchnässt, kalt blies es ihm ins Gesicht. Die nackten Füße, nur an einem trug er einen Strumpf, boten kaum halt auf dem steinernen Sims. Er ließ den Fensterrahmen los und schloss die Augen.

Das der Verlag ihn allmählich fallen ließ und niemand ihn auffing, machte Thomas schmerzhaft deutlich dass er wohl nie wahre Freunde hatte. Mit seinen finanziellen Mitteln waren auch die verschwunden, die sich immer als solche bezeichnet hatten.

Mit einer einzigen Ausnahme, Avian Master. Anfangs nur sein Agent, wurde Avian mehr und mehr zu einem Freund und Vertrauten. Er war zudem der einzige der ihm durch seine Scheidung hindurch loyal zur Seite gestanden hatte.

„Avian!", schrie er.

Thomas sah seinen Freund bildlich vor sich. Schlagartig fror er fürchterlich und der Wind machte es ihm plötzlich schwer sich auf dem kleinen Vorsprung zu halten. Er riss die Augen auf und der schwarze Abgrund, der ihn vorhin noch so magisch angezogen hatte, jagte ihm jetzt wieder eine Heidenangst ein.

Beinahe fiel Thomas vornüber, stolperte dann aber einen Schritt zurück und stürzte schließlich durch das offene Fenster zurück in die Wohnung. Er schlug heftig mit dem Kopf auf und bevor die Dunkelheit ihn ein zweites Mal eingehüllt hatte, flüsterte er ein leises „Avian."

***

Grelles Licht drückte sich durch seine geschlossenen Augen. Thomas konnte es regelrecht auf seinen Lidern spüren und für einen Moment dachte er, er wäre tot. War er vom Fenstersims in die erlösende Tiefe gesprungen? Oder zurück in sein erbärmliches Leben? Es fiel ihm schwer sich zu erinnern, er hatte fürchterliche Kopf-schmerzen.

„Mr. Write, können Sie mich hören?"

Thomas hörte zwar was die gedämpfte Stimme von sich gab, aber wenngleich er auch glaubte wach zu sein, war er nicht im Stande zu antwor-ten. Ihm war schrecklich kalt, aber wenn er wirklich tot wäre würde ihm keiner solche Fra-gen stellen. So wurde Thomas schnell klar, dass er sich in einem Krankenhaus befinden musste. Ob das jetzt besser oder schlechter war, wollte er noch nicht entscheiden.

„Mr. Write?", wiederholte sich die Stimme aber Thomas beschloss sie zu ignorieren.

„Komm schon Thomas, lass dich nicht so fei-ern!", hörte er eine zweite aber bekannte Stim-me.

Thomas öffnete vorsichtig seine Augen, doch der helle Schein der Deckenleuchten ließ ihn nichts erkennen. Mit Mühe konnte er durch sei-ne zugekniffenen Lider die Umrisse von Perso-nen erahnen.

„Na sehen sie Doktor, ich wusste es doch. Er wurde noch nicht erwartet", lachte die vertraute Stimme.

Es war Avian. Gut gelaunt lehnte er an Thomas' Bett, sein charakteristisches Grinsen war deutlich zu erkennen.

„Bitte dem Licht folgen, Mr. Write", bekam Thomas zu hören bevor er etwas sagen konnte.

Ein dünner Mann beugte sich über ihn, um mit einer kleinen Lampe, die auch ein Stift hätte sein können, in seine Augen zu leuchten.

„Wie geht es ihnen?", fragte der Arzt und steckte die Lampe zurück in seine Brusttasche, ohne zu erläutern ob Thomas seine Sache gut oder schlecht gemacht hatte.

„Ich, ich weiß es nicht. Ich habe Kopfschmerzen", flüsterte Thomas kaum hörbar.

„Sie sind schwer gestürzt Mr. Write. Können sie sich an irgendetwas erinnern?"

Thomas erinnerte sich wie er draußen auf der Fensterbank stand, in die Tiefe blickte und den kalten Stein an seinen Füßen spürte. Den Gedanken brachte er nicht zu Ende, zu sehr fürchtete ihn die Erkenntnis was er dort draußen vorhatte.

„Nein", log er.

„Das ist durchaus nicht ungewöhnlich, er wird noch ein paar Tage brauchen um ganz der Alte zu werden", erklärte der Arzt Avian.

Er wandte sich wieder Thomas zu und versicherte ihm er würde später noch einmal nach ihm sehen. Dann verließ er das Zimmer.

Kaum war der Mann verschwunden verzog sich das Grinsen aus Avians Gesicht und er setzte eine besorgte Miene auf. Er griff nach einem der Plastikstühle und setzte sich ans Bett. Als Thomas nach Avians Hand greifen wollte bemerkte er, dass er am Bett fixiert war. Hektisch riss Thomas an Armen und Beinen und versuchte aus den Riemen heraus zu kommen.

„Was soll die Scheiße?", rief er.

„Ruhig Thomas, ganz ruhig!"

Avian legte seine Hand auf Thomas' Brust und tatsächlich konnte er ihn so etwas beruhigen.

„Was um Himmels Willen soll das hier?", schnaubte Thomas.

„Du wurdest fixiert Thomas. Sie glauben du bist Selbstmordgefährdet", erklärte ihm Avian an aller Ruhe.

Thomas gab darauf keine Antwort, versuchte aber auch nicht Avians fragenden Blicken auszuweichen.

„Glaubst du das auch Avian? Die machen

daraus mehr als es wert ist", hoffte Thomas ihn zu beschwichtigen.

Avian unterbrach Thomas' Versuche sich zu rechtfertigen: „Ich habe dich gefunden Thomas! Wer auch sonst?"

Thomas fand keine Worte und leistete auch keinen Widerstand als Avian zu einer Wutrede ansetzte.

„Was sollte das?", hakte er beim peinlich berührten Thomas nach. „Warum hast du nichts gesagt?"

Wieder wusste Thomas nicht was er sagen sollte.

„Du hast in versiffter Unterwäsche und mit aufgeschlagenem Schädel vor dem offenen Fenster gelegen! Wolltest du dir etwas antun? Sag schon Thomas!"

Beide schwiegen.

„Ich wusste nicht, dass es so schlimm um dich steht Thomas. Ich hätte öfter nach dir sehen sollen!"

Noch bevor Thomas darauf antworten konnte fuhr Avian fort.

„Mit deiner Blutprobe kann der Laden hier zwei Wochen Betriebsfest halten", sagte er fast anerkennend und schüttelte den Kopf. „Der Teufel hat den Schnaps gemacht, weißt du?"

So direkt konfrontiert war Thomas den Tränen nahe und sein Freund erkannte wie verletzt er war. Avian beugte sich über das Bett und gab Thomas eine Umarmung, die dieser nur allzu gerne erwidert hätte.

„Schon gut", entgegnete Avian seinem schluchzenden Freund, „wir schaffen das. Erstmal hol ich dich hier raus."

Thomas verstand nicht und fragte ob er nicht einfach würde gehen können, schließlich sei er ein erwachsener Mann.

„Das könnte dir so passen. Du bist hier unter anderem wegen Suizidverdacht! Die lassen dich nicht ohne Bürgen raus. Draußen kreisen auch schon die ersten Geier!"

„Geier?", fragte Thomas.

„Ja Geier! Teufel noch eins, die ganzen Monate kümmern sie sich einen feuchten Dreck und kaum passiert sowas lecken sie wieder Blut!"

Natürlich war die Presse gemeint. Schon damals, als Thomas erfolgreich war ließ Avian kein gutes Haar an allen Journalisten und er sollte Recht behalten.

„Hör mal Thomas. Der Verlag dreht dir endgültig den Geldhahn zu, wenn du nicht bald etwas lieferst!"

Avian fuhr sich mit der Hand über seinen kahl rasierten Schädel.

„Wie läuft es mit deinem Roman über einen Serienmörder?" fragte er.

Da die Frage an einen Alkoholiker mit Selbstmordabsichten gerichtet war, ersparte sich Thomas eine Antwort und blickte ihn nur lakonisch an. Avian begriff sofort.

„Entschuldigung!", sagte er und hob beide Hände.

„Ich arbeite daran Thomas, hörst du? Ich bring dich wieder auf die Beine. Ich brauche dich. Wir brauchen dich. Wir haben etwas, dafür könntest du genau der richtige sein!", eiferte Avian.

Der Arzt kam wieder herein und mit ihm einige Schwestern. Avian nahm ihn sofort zur Seite und flüsterte etwas in sein Ohr, das Thomas beim besten Willen nicht hören konnte. Dann verabschiedete er sich, nicht ohne Thomas noch ein zweites Mal zu drücken.

„Machs gut, bis später", rief Thomas ihm nach und Avian setzte wieder sein markantes Grinsen auf.

„Wir werden teuflischen Spaß haben, du und ich", lächelte er verheißungsvoll und verschwand.

Die Schwestern begannen den Verband an Thomas' Kopf zu lösen, während der Arzt in den Unterlagen auf seinem Klemmbrett blätterte. Immer wieder hob er dabei seinen Kopf und sah zum Bett. Unklar ob er die Schwestern beobachtete oder Thomas bewertete, sein sparsamer Blick ließ wenig Rückschlüsse zu.

„Ah die Heizung geht wohl wieder", freute sich der Arzt plötzlich und jetzt bemerkte auch Thomas wie ihm auf einmal warm wurde.

„Es ist eben ein altes Gebäude, wurde vorhin regelrecht kalt hier drin. Naja sie haben nichts bemerkt und ihrem Freund schien es egal", lachte der dünne Mann in seinem viel zu großen Kittel.

„Hören Sie", seine Stimme wurde wieder ernst, „wir können Sie nicht gegen ihren Willen hier festhalten, aber bei dem was sie durchgemacht haben bitte ich Sie zu bleiben. Auch wenn es ihnen körperlich besser gehen sollte."

„Meine Leute kümmern sich um mich", sagte Thomas und wusste nicht einmal ob er es selbst glauben sollte.

„Ja ich weiß, deshalb können wir sie auch nicht zwingen", resignierte der Arzt und nahm ihn nochmals ins Gebet. „Aber bitte hören Sie auf mich. Wir können ihnen helfen!"

„Wir werden sehen", wimmelte Thomas die Bemühungen des Arztes ab.

„Naja zumindest wegen ihrem Kopf kann ich Sie noch ein paar Tage hier festhalten, möglicherweise kommen Sie bis dahin zur Vernunft. Ich hoffe es für Sie", erwiderte der Mann und begann sich Thomas' Wunden am Kopf anzusehen.

Kapitel Zwei

Die Fahrt dauerte nun schon eine gefühlte Ewigkeit, die Kulisse der Stadt war längst einem üppigen Wald gewichen, und Thomas nahm jeden einzelnen Knochen und jeden Muskel in seinem Körper wahr. Die Dauerbetäubung, die der Alkoholkonsum hervorgerufen hatte, war durch die erzwungene Abstinenz im Krankenhaus verschwunden. So konnte er zwar zum ersten Mal seit langer Zeit wieder seinen Körper spüren, aber was es da zu spüren gab gefiel Thomas überhaupt nicht. Sein struppiger Vollbart juckte zudem fürchterlich, er war es nicht gewohnt einen Bart zu tragen, abgesehen von einem für Alkoholiker typischen Bartschatten, und im Krankhaus hatte sich offensichtlich niemand darum gekümmert oder geschert.

Ebenso wenig gefielen ihm die quälenden Gedanken, die sich nun wieder ungefiltert in seinem Geist festsetzen konnten. Gott wusste, Thomas würde alles tun für einen erlösenden, lindernden Schluck.

Ein wenig hatte er gehofft, Avian würde ihm etwas Erwachseneres mitbringen als Saftschorle.

Aber es schien mehr als nur eine Floskel gewesen zu sein, als er versprach er würde Thomas helfen. Wie eine endlose Fahrt quer durch die ewiggraue Pampa hilfreich sein sollte, erschloss sich ihm aber nicht. Eine Flasche Scotch würde viel mehr helfen. Seine verschwitzen Hände krallten sich in seine Oberschenkel und dennoch zitterte er am ganzen Körper. Avian hatte es gerne kühl im Wagen dachte er, aber andererseits war er auch Alkoholiker auf Entzug, da spinnen schon mal die Körperfunktionen. Zumal das herumdrehen am riesigen Regler der Heizung keine Besserung brachte. Die Fahrt wurde zusehends unangenehmer für Thomas, da sich auch Avian nicht von seiner gesprächigsten Seite zeigte. Aus dem Ziel ihrer Reise machte er sowieso ein Geheimnis, versprach Thomas aber unentwegt es würde ihm guttun.

Die letzte befestigte Straße lag schon einige Meilen zurück und der schwere Geländewagen kämpfte mit dem Untergrund, als sich Thomas' Befürchtung, Avian würde ihn in eine Art Entzugsklinik schicken, endgültig zerschlug. Der Wagen rumpelte durch das enge Dickicht einen schmalen Pfad entlang auf eine kleine Hütte zu, Zweige schlugen unentwegt gegen die Karosse und kratzen an den Seiten entlang.

Das dunkle Konstrukt war kaum zu sehen, selbst als sie nur noch wenige Meter davon entfernt waren. Die Hütte schmiegte sich mit einer Seite an einen Berghang, auf dem die Bäume bis dicht an sie heran standen und mit ihren Kronen das Dach fast vollständig überragten. Zur anderen Seite waren kaum vier Meter Platz zum Waldrand. Sie war vollständig aus massiven Holzstämmen errichtet, einzig der Kamin der mittig aus dem moosbedeckten Dach emporragte, wurde aus Steinen aufgesetzt. Die Fenster waren mit hölzernen Verschlägen verschlossen und nichts legte den Anschein nahe, dass hier in letzter Zeit jemand gewesen war. Vor der Hütte fand sich ebenfalls nur wenig Platz. Fast hätte man es eine Lichtung nennen können, die gerade genug Raum bot das riesige Fahrzeug zu parken.

Avian stieg aus, stellte sich vor die Hütte und breitet freudig die Arme aus.

„Na was sagst du?", rief er zu Thomas der noch völlig ratlos im Wagen saß.

„Na komm schon!", winkte Avian ihn herbei.

Der Eingang der Hütte bot so etwas wie eine kleine Veranda, kaum groß genug für die zwei Stühle und den Tisch, die Thomas unter der laubbedeckten Plastikfolie vermutete. Thomas sah sich um, aber durch den dichten Wald konnte er kaum ein paar Meter weit sehen. Der kleine Pfad, den sie entlang gefahren waren, verschwand bereits wenige Meter hinter dem Wagen im Unterholz, aus dessen unwirklichem Dunkel Thomas ein unbehaglicher, kühler Wind entgegen zu wehen schien. Avian zog einen riesigen, eisernen Schlüssel hervor. An dem kaum weniger großen, eisernen Ring baumelte ein zweiter, kleinerer Schlüssel und mit großem Klacken schloss Avian das Schloss auf.

„Wie altertümlich", dachte Thomas beim Blick auf die rustikale Konstruktion.

Das Innere der Hütte, dessen Einrichtung offensichtlich aus den Siebzigern oder Achtzigern stammte, war überraschend wohnlich gestaltet, so schön sogar wie es das Äußere nicht hatte vermuten lassen. Zudem war der Innenraum deutlich größer als erwartet.

Man stand unmittelbar in einer Art Wohnzimmer und Thomas glaubte mittig darin einen Holzofen zu erkennen, was auch den steinernen Kamin erklären würde. Als Avian zu einem der Fenster ging und den ersten hölzernen Verschlag öffnete, sah man zudem eine, wenn erst einmal gesäubert, gemütliche Sitzgruppe um den erwarteten Ofen herum. Daneben ein Schreibtisch und in der Ecke der Hütte eine spartanische Küchenzeile. Das gesamte Erdgeschoss schien einen einzigen Raum zu bilden. Das einfallende Licht ließ allerdings auch erkennen, dass die Hütte ihre besten Tage hinter sich hatte und die Dauermieter wohl Staub und Spinnen waren.

Avian öffnete weitere Fenster, eigentlich alle denn es waren nur zwei, und Thomas sah an der gegenüberliegenden Seite zwei Türen und eine hölzerne Treppe, die schon allein beim Anblick bitterlich knarzte und ächzte.

„Du siehst verblüfft aus. Gefällt's dir?", bemerkte Avian.

„Verblüfft ist noch untertrieben Avian, was soll ich hier?", fragte Thomas sparsam.

„Hier werden wir dich wieder auf Vordermann bringen", freute sich Avian.

„Ich hasse es auf dem Land!", bremste Thomas Avians Euphorie.

„O.K. hör zu. Ich musste versprechen, dass ich mich um dich kümmern werde Thomas. Außerdem hast du eingewilligt!"

Er hätte allem zugestimmt nur um aus dem verfluchten Krankenhaus raus zu kommen, aber dieser Behausung hätte er bei klarem Verstand oder bei genauer Erläuterung niemals zugestimmt. Thomas fühlte sich verraten.

„Ich habe unterschrieben, weil du gesagt hast du holst mich aus dem Krankenhaus! Nicht das du mich zum Einsiedler machst! Gott Scheiße Avian, hier ist es Arschkalt!", klagte Thomas.

Avian sah sich um als ob man Kälte würde sehen können, zuckte aber nur mit den Schultern.

„Dann mach den Ofen an. Scheiße! Thomas was hast du gedacht? Komm wieder auf die Beine. Hier findest du Ruhe und niemand sitzt dir im Genick!"

Thomas setzte sich in einen dreckigen Sessel der Sitzgruppe und starrte am aufgewirbelten Staub vorbei ins Leere. Avian beobachtete ihn einen Moment lang wortlos.

„Ich wusste nicht, dass dir das Land nicht zusagt. Du warst doch früher oft bei deinem Großvater", sagte Avian.

„Ja und ich habe es gehasst!", schnauzte Thomas zurück.

„Wenn ich dich in die verdammte Entzugsklinik gebracht hätte, dann wärst du morgen auf allen Titelseiten gewesen, verstehst du?"

„Wem gehört die Bruchbude überhaupt?", unterbrach Thomas ihn.

„Sie gehört schon lange zu uns, früher war das mal ein Ferienhaus oder so. Vielleicht findest du hier ja sogar wieder zum Schreiben?"

„Niemand sitzt mir hier im Genick, Hm?", fragte Thomas zynisch und Avian bemerkte die Anspielung.

„Irgendwann solltest du schon wieder liefern Thomas. Ihre Geduld ist nicht grenzenlos und ich kann dich nicht ewig halten. Nur ein paar Tage Thomas, wir brauchen dich!", flehte Avian beinahe.

„Wie soll ich hier überhaupt schreiben? Gibt's hier Strom? Oder Wasser? Sag bitte nicht ich muss zum kacken in die Büsche!"

„Es gibt einen Wassertank. Den du allerdings mit dem Brunnen hinterm Haus füllen musst, sollte dann ein paar Tage halten. Strom erzeugt bei Bedarf ein Generator und warm machst du es dir mit Holz. Und geschissen wird hinter der linken Tür, da ist die Toilette. Da solltest du dich übrigens auch mal rasieren."

Thomas blickte skeptisch auf und fuhr sich durch den wuchernden Bart, Avian hob entschuldigend die Hände.

„Holz hat den Vorteil das es mehrmals warm macht, beim hacken und verfeuern", witzelte Avian. „Außerdem ist das hier oben mit wenigen Handgriffen wirklich schön, ich war schon öfter hier oben. Glaub mir doch. Einmal gelüftet und Staub gewischt und es ist das reinste Four Seasons!"

„Leck mich am Arsch Avian! Echt!", schleuderte Thomas ihm entgegen.

Kalter Entzug ist keine feine Sache.

***

Avian begann einige Kartons aus dem Kofferraum seines Wagens zu holen, während Thomas

sich keinen Meter bewegte. Offensichtlich waren
es Vorräte, denn Avian stellte die Kisten nahe
der Küche ab. Thomas musterte das Geschehen
argwöhnisch vom Sessel aus und suchte nach
etwas Bestimmten, das aus den Kartons blitzen
musste.

„Mach dir nicht die Mühe Thomas, ich habe
keinen Alkohol dabei und hier oben wirst du
auch keinen finden", erklärte er als er Thomas'
Neugierde bemerkte.

Beleidigt wandte Thomas seinen Blick zum
Ofen und betrachtete ratlos den gusseisernen
Koloss. Der sah zwar so aus als ob er durchaus
für ordentliche Wärme sorgen könnte, aber
Thomas hatte keine Ahnung wie man einen
Ofen anfeuerte.

„Frag mich nicht, ich kenn mich damit nicht
aus", wehrte Avian gleich ab und ging hinaus.

„Ich habe einfach ein paar Klamotten von dir
zusammengepackt, viele brauchbare hast du ja
ohnehin nicht", erklärte er als er mit einer alten
grünen Sporttasche zurück in die Hütte kam
und auf dem Couchtisch pfefferte.

Als er schließlich Thomas' Laptop und eines
der Bilder aus dessen Wohnung hereinbrachte,

erhob sich Thomas erstmals aus dem Sessel. Avian legte den Computer auf den kleinen Schreibtisch, während Thomas begann an seinen Fingern zu nagen und sich unkontrolliert zu kratzen.

„Ich dachte das hier wäre eine gute Motivation für dich", sagte Avian und hängte das Bild an einen freien Nagel an der gegenüberliegenden Wand.

Es zeigte die beiden fröhlich am Rande einer Preisverleihung, viele Jahre zuvor. Es war nur einer von vielen Preisen, die Thomas erhalten hatte, aber dieser war der Erste und bedeutete für ihn nicht nur den Durchbruch seiner Karriere. Wenn er einen bestimmten Moment benennen müsste, an dem sein Agent Avian Master auch zu seinem Freund Avian wurde, würde er wohl diesen wählen.

Thomas fragte sich unweigerlich wie viele Menschen schon das Glück hatten, einen so wertvollen Moment genau benennen zu können oder gar auf Zelluloid gebannt zu bekommen. Er ging nahe an das Bild heran und betrachtete es, er hatte es lange nicht mehr so bewusst wahrgenommen. Es entwickelte sich eine eigenartige

Sogwirkung hin zu der alten Fotografie, der Drang an seinen Fingernägeln zu kauen verflog und das quälende Jucken war auch verschwunden.

Schon damals hatte Avian neben seiner Glatze und dem teuflischen Grinsen ein gutes Gespür für Mode. Thomas hingegen trug eine dieser typischen Frisuren jener Zeit und einen Anzug, der heute nicht mal mehr zum Karneval taugen würde. Er bedauerte zudem, dass er deutlich schlechter zu altern schien als Avian.

Ein leichtes Lächeln huschte Thomas über das Gesicht als er die Hand auf seiner Schulter spürte. Jetzt wusste er das es sein Freund sicher nur gut gemeint hatte mit alle dem.

„Ich mach mich auf den Weg bevor es dunkel wird", sprach Avian leise. „Du kommst klar Großer?"

Die Frage klang ein bisschen wie Hohn, denn Thomas kam sicher nicht damit klar einfach so hier ausgesetzt zu sein. Aber er machte gute Miene zum bösen Spiel und wollte die Mühen seines Freundes würdigen.

„Na klar, den Ofen bekomm ich schon an. So schwer kann das nicht sein."

„Du hast alles was du brauchst. Den Fernseher bekommst du mit dem Generator zum Laufen, das Radio hat Batterien. Aber der Empfang hier wird eher schlecht sein befürchte ich. Im Schrank müssten aber auch noch einige Filme sein. Sicher aber nicht die neuesten."

Thomas sah sich um und tatsächlich hing in der Ecke an der Decke ein kleiner, alter Fernsehapparat. Vermutlich hätte er ihn nie bemerkt, wenn Avian nichts gesagt hätte.

„Die Tür neben der Toilette ist die Gerätekammer, da findest du Allerhand an Zeug. Schlafzimmer ist die Treppe rauf. Wenn ich mich recht erinnere gab es eine bombastische Aussicht von da oben."

Während Avian all das erzählte war er schon fast zur Tür hinaus verschwunden, machte dann aber doch noch einmal kehrt und drückte seinen Freund.

„Keine Sorge, ich verspreche es ist nicht so schlimm wie es scheint. Wir kriegen das alles hin. Hier passiert dir nichts, das lassen wir nicht zu."

Thomas verspürte in der Tat keinen Drang sich etwas anzutun und Avian schien es auch zu spüren. Dennoch war seine Laune nicht die Beste als er sich verabschiedete. Er versprach gleich morgen schon wieder nach ihm zu sehen.

„Nun schau nicht so, es ist ja nicht so als hättest du dem Teufel deine Seele verkauft", waren die letzten Worte die er von Avian zu hören bekam.

Das Brummen des Geländewagens verhallte rasch und übrig blieb nur das Geräusch von sich im Wind wiegenden Bäumen und knarzenden Balken der Hütte. Thomas stand im Wohnzimmer und wusste nicht was der nächste Schritt sein sollte. Er setzte sich wieder in einen der staubigen Sessel und versuchte nachzudenken. Mit der einkehrenden Ruhe und dem Gefühl der Einsamkeit wollte er so sehr ein Bier oder etwas stärkeres, aber er fürchtete Avian würde Recht behalten mit der Drohung, es gäbe hier oben keinen Alkohol. Dennoch, in einer Ferienhütte nicht ein einziger Schluck Alkohol?

Thomas durchsuchte die wenigen alten Schränke im Wohnzimmer und seine Augen erstarrten, als er im hintersten Winkel einen wohlbekannten aber verstaubten Flaschenhals aufblitzen sah. Zögernd kauerte er vor dem Schränkchen bevor er schließlich beherzt hineingriff. Noch während er die Flasche hervorzog wusste er nicht ob er sich freuen oder schämen sollte. In seinem Innersten hoffte er, dass das Behältnis leer war und stieß sogar kleine Gebete aus. Mit gemischten Gefühlen betrachtete er die Flasche Scotch in seinen Händen. Sie war leer. Was er nach kurzem Nachdenken aber als gutes Zeichen sah, oder? Aber wer zum Teufel stellt sowas in den Schrank?

Thomas setze sich wieder in den Sessel, schraubte den Verschluss ab und roch am Hals der leeren Flasche. Nicht einmal der Geruch des Alkohols war ihm noch geblieben. Spielend nahm er ein paar fiktive Züge aus der staubtrockenen Flasche, blies seine Backen mit Luft auf und imitierte langsames Schlucken.

Dabei sah er sich in der verlebten Hütte um, die grell-grüne Sporttasche auf dem hölzernen Couchtisch setzte sich von den grau-braunen Möbeln der Hütte ab. Eigentlich aber hatte hier irgendwie alles die gleiche Farbe, Möbel und Hütte waren aus dem gleichen Holz und wohl auch gleich alt. Thomas nahm weiter fiktive Züge aus der alten Flasche. Surreal, dachte er als ihn eine bleierne Müdigkeit, die er auf die lange Autofahrt schob, überkam. Ein kurzes Nickerchen, bevor er seine Sachen auspacken wollte, konnte sicher nicht schaden.

***

Das plötzliche, hilflose Gefühl zu fallen ließ Thomas im Sessel aufschrecken. Es war so intensiv, dass es ihm jetzt noch flau im Magen war. Irritiert schaute er sich um, wusste aber gleich wieder wo er sich befand.

Obwohl es ihm längst nicht mehr so kalt vorkam beschloss Thomas sich zuerst um den Ofen zu kümmern, denn die Nächte hier oben in den Wäldern würden sicherlich garstige Kälte mit sich bringen. Mit einem kräftigen Ruck musste er an dem alten Riegel ziehen um das schwere Türchen zu öffnen, die grauen Spinnweben leisteten nur wenig Widerstand dabei. Asche und Dreck rieselten aus dem Ofen herab, die Brennkammer wurde offensichtlich schon länger nicht mehr gereinigt. Thomas erkannte in dem längst abgekühlten Ascheberg neben verkohlten Holzstücken einige Papierfetzen, die seine Aufmerksamkeit erregten. Es handelte sich um alte Seiten eines mit Schreibmaschine verfassten Manuskriptes, das jedoch kaum noch als solches zu erkennen war. Viel zu erkennen war dementsprechend nicht mehr und doch lösten die wenigen Zeilen Beklemmung bei Thomas aus.

Die Satzfragmente waren voller Schwermut und Verzweiflung, das lesen löste tiefes Unbehagen aus und ließ Thomas das Blut in den Adern gefrieren. Es musste sich um ein düsteres und dramatisches Manuskript gehandelt haben. Die wenigen Zeilen fesselten ihn und trotz, oder wegen, der Melancholie und der Betrübtheit konnte Thomas nicht verstehen, dass der Verfasser sie lieber verbrennen wollte anstatt es zu veröffentlichen. In einer weniger versengten Ecke einer Seite glaubte er „Ideroff" zu entziffern.

„Ideroff? War das sein Name?", fragte sich Thomas.

Irgendwie klang es vertraut und obwohl er nicht erklären konnte warum, schien klar zu sein das es sich dabei um einen Namen handeln musste.

Das Papier gab nicht mehr her als die wenigen Worte und Thomas beschloss es zum Anzünden zu nehmen. Er legte es wieder in den Ofen und entfachte eines der irrwitzig langen Streichhölzer, die in dem Fach darunter lagen.

Was dem Verfasser der Seiten einst nicht gelungen war, gelang Thomas in Windeseile. Die Fetzen verbrannten so schnell das sie kaum Zeit boten Reißig darüber zu legen und so wirkungslos verpufften.

„Scheiße!", rief er und zog aus dem kleinen Ständer neben dem Ofen alte Zeitungen hervor.

Thomas wiederholte seine Technik doch die Zeitung glimmte zunächst nur, nur um kurz darauf binnen Sekunden abzubrennen. Mehrere Male ging das so weiter und er bekam den Reißig nicht zum Brennen. An das Entzünden großer Holzscheite war so nicht zu denken.

Frustriert und entmutigt gab Thomas auf und sah sich in der Küche nach etwas Essbarem um. Avian hatte tatsächlich reichliche Vorräte mitgebracht, aber zu Thomas' Enttäuschung waren es meist Konserven oder Grundnahrungsmittel, die erst eine Zubereitung erforderlich machten. Nach dem mäßigen Erfolg mit dem Ofen beschloss Thomas sein Glück nicht heraus zu fordern und beließ es zum Abendbrot bei einfachem Brot und etwas Wurst.

Deprimiert kaute Thomas auf dem alten Brot und der unnatürlich festen Wurst, dann schnappte Thomas seine Sporttasche und ging die knorrige Treppe hinauf um sich das Schlafzimmer anzusehen. Das alte Holz der Treppe jammerte erwartungsgemäß fürchterlich unter seinen Schritten. Oben angekommen stand er zwischen zwei Türen. Die eine, so zeigte sich nach dem öffnen, führte in den kleinen leeren Dachboden, der ehemals wohl ein Gästezimmer darstellte.

Die andere offenbarte ihm die Schlafstube und das Avian Recht hatte. Durch das kleine aber kreisrunde Fenster sah er über ein dicht bewaldetes Tal, über dem ein wolkenverhangener Himmel lag und an dessen fernem Ende er die Lichter der Großstadt sehen konnte. Es war erstaunlich, ließ die Hütte doch von außen nicht vermuten, dass man von ihr einen derart erhabenen Ausblick haben könnte. Von hier wirkte es als wäre sie hoch über dem Tal gelegen.

Thomas nahm eine der Lampen vom Haken,

die in jeder Ecke der Hütte hingen und atmete auf als er sah, dass sie sich zwar vom Design an alte Öllampen anlehnten, sich aber als moderne Leuchten herausstellten. Mit einem Knopfdruck hatte er der einsetzenden Dämmerung etwas entgegen zu setzen was sich durchaus als Erfolg werten konnte, dachte er.

Das Bett sah äußerst bequem aus und die Decken und Matratzen waren in einem schützenden Plastiksack untergebracht, was ihn erneut aufatmen lies. Thomas stand an dem Fenster und genoss die Aussicht so lange, bis es draußen völlig dunkel wurde und die Lichter der Stadt nur noch als glühen am Horizont zu erkennen waren.

Die Batterien der Lampe waren nicht mehr die besten und das schwächer werdende Licht erinnerte ihn schmerzlich an die Annehmlichkeiten, die er in der Stadt zurückgelassen hatte. Er nutzte den Rest an Leuchtkraft um das Bett zurecht zu machen und sich draußen vor der Hütte zu erleichtern.

Ein mulmiges Gefühl, so mitten in der freien Natur zu sein, dachte Thomas. Zuletzt musste er wohl als Kind sein Geschäft im Freien verrichtet haben und Thomas war froh das er nur pinkeln musste. Er machte so schnell er konnte und eilte zurück in die Hütte. Die schwere Holztür fiel laut in ihr eisernes Schloss.

Mit dem Betreten des Schlafzimmers erlosch die Lampe völlig und nur der Mondschein brachte etwas Licht durch das kleine Fenster. Etwas Ungewöhnliches erregte seine Aufmerksamkeit, etwas das scheinbar nur durch das Mondlicht sichtbar wurde. Am Rahmen des Fensters glaubte Thomas Kratzspuren zu sehen. Er fuhr mit seinen Fingern über die Spuren und den Holzrahmen entlang, das Fenster konnte man nicht öffnen. Es war zu dunkel und er zu müde um sich darüber Gedanken zu machen und so beschloss er sich am nächsten Tag darum zu kümmern.

Aber Thomas haderte lange mit dem Einschlafen. Zwar war er sehr müde aber das Nickerchen im Sessel zeigte, auch wenn es kurz war, Wirkung.

Der Drang einen Schluck Alkohol zu trinken, der ihn sonst um diese Zeit längst heimgesucht hatte, wenn er ihm nicht schon ausgiebig nachgegangen war, fehlte hingegen völlig. Andererseits bildete die Natur in Zusammenhang mit dem Wind eine ungewohnte und unheimliche Klangkulisse. Als ihm schlussendlich doch die Augen zufielen war es bereits weit nach Mitternacht und seine letzten Gedanken galten dem Verfasser der düsteren Zeilen und was wohl seine Beweggründe waren.

„Ideroff", murmelte er und versuchte sich zu erinnern obwohl er nicht wusste an was.

Kapitel Drei

So beschwerlich das Einschlafen für Thomas gewesen war, so wundervoll war das Erwachen am nächsten Morgen. Die ersten Sonnenstrahlen fielen wärmend auf sein Gesicht und das Zwitschern der Vögel lockte ihn sanft aus dem Schlaf. Lange war er nicht mehr so harmonisch aufgewacht, was zugegebenermaßen auch an seiner Alkoholabstinenz lag. In der Regel wurde er erst um die Mittagszeit wach, begleitet von Kopfschmerzen und Übelkeit. Dazu noch selten im Bett, dafür aber hin und wieder in seinem eigenen Erbrochenem.

Thomas stand auf und streckte seine Glieder ausgiebig in alle Richtungen, während er einen Blick durch das Fenster warf. Die Sonne, die langsam ihren Teppich aus Licht über dem nebelverhangenen Tal ausbreitete, bot ihm erneut einen fantastischen Anblick. Der wolkenschwangere Himmel von gestern war gewichen und das Panorama jetzt noch eindrucksvoller.

Die Stadt allerdings musste viel weiter weg sein als gestern noch angenommen. Denn jetzt bei Tageslicht, ohne dass sich das helle Glühen ihrer Lichter vor dem dunklen Hintergrund der Nacht oder einem regnerischen Horizont abzeichnen konnte, war sie nicht zu erkennen.

Thomas ging die knarzige Holztreppe hinunter. Bei Sonnenlicht sah die Hütte weit gemütlicher und noch weitläufiger aus als gestern, als Avian und er bei herbstlich grauem Wetter eingetroffen sind. Geradezu riesig kam sie ihm vor.

Tatsächlich begann er daran zu glauben das ihm der Aufenthalt in der Hütte guttun würde. Aber auch wenn Thomas nicht den unmittelbaren Drang verspürte zum Alkohol zu greifen, so meldete sich doch eine andere Sucht: Kaffee.

In den Vorräten wurde er zwar fündig aber gleichermaßen wieder mit einem Problem konfrontiert. Wie sollte er den Kaffee aufsetzen? Eine Kaffeemaschine war nicht zu sehen und selbst wenn, er würde erst den Generator einschalten müssen von dem er noch weniger Ahnung hatte als von dem gusseisernen Ofen. Es half nichts, wenn er nicht das Pulver trocken kauen wollte musste er sich noch einmal mit dem Ofen auseinandersetzen.

Neben dem sperrigen Trumm stand eine alte Holzkiste und Thomas lag richtig mit seiner

Vermutung es befänden sich Holz, Anzünder und altes Papier darin. Jetzt trugen die nervigen Ausflüge aufs Land doch noch Früchte, denn er konnte sich wage daran erinnern wie sein Großvater das Feuer in seiner Werkstatt angeschürt hatte. Zuerst räumte er den Brennraum gründlich aus, die Asche und Kohlenreste füllten den rostigen Blecheimer, der für diesen Zweck wohl auch neben dem Ofen platziert worden war.

Dann formte Thomas lockere Kugeln über einem Anzünder und schichtete dünne Zweige darüber. Darüber legte er nun dickeres Holz und schließlich zwei oder drei ordentliche Scheite. Kein Vergleich zu dem unbeholfenen Versuch vom Vortag. Zu seiner Erleichterung entfachte sich sein Konstrukt gut und bald loderte ein recht ordentliches Feuerchen. Zufrieden saß Thomas auf dem Boden und verfolgte das Flammenspiel. Knacken und knistern des Eisenkolosses kündigten an, dass dieser sich mit Leben füllte. Thomas fühlte sich wohl, die flackernde Wärme hüllte ihn schnell ein und er kam nicht umhin etwas zu spüren das er lange nicht gespürt hatte: Stolz.

Kaum hatte er etwas Holz nachgelegt war

auch der Rest der Hütte von angenehmer Wärme erfüllt. Thomas brachte den Ascheeimer nach draußen und kaum war er die zwei Stufen der Veranda hinunter gegangen blieb er staunend stehen. Die kleine Lichtung, die gestern noch so trostlos und finster gewirkt hatte stellte sich jetzt beim erwachenden Tage als kleines Paradies heraus. Die herbstliche Laubfärbung, die Sonnenstrahlen, das alles wirkte im Zusammenspiel mit der herrlichen Ruhe wie ein Eldorado. Lediglich der schmale Feldweg, der immer noch nach wenigen Metern vom Dunkel des Waldes verschlungen wurde erinnerte ihn jäh daran, dass er hier quasi gefangen war.

Thomas beschloss an diesem Morgen die Toilette aufzusuchen und nicht erneut in der freien Natur zu urinieren. Die erste Tür erwies sich als Abstellkammer, hinter der zweiten fand er ein beinahe komplett aus Holz gefertigtes Badezimmer vor. Badezimmer im wörtlichen Sinne, denn anstelle einer Dusche gab es eine große Wanne aus Messing oder Kupfer, so genau wusste er das nicht, die auf einer kleinen Fläche aus Naturstein stand. Das Waschbecken war aus dem gleichen Metall gefertigt und wenn das kleine Badezimmer erst etwas gesäubert wäre, könnte man es ohne weiteres in einem ordentlichen Hotel vermuten.

Die Notwendigkeit zu einer Reinigung bestätigte sich als Thomas den Verschlag vom Fenster öffnete, die Vermutung es könne auch ein Hotel sein zerschlug sich beim Aufdrehen des Wasserhahnes. Es kam nicht nur überhaupt kein Wasser, der Hahn lies auch darauf schließen das, wenn denn welches kommen würde, es ausschließlich kaltes sein würde.

Thomas erinnerte sich daran das Avian etwas von einem Wassertank und einem Brunnen erzählt hatte und zählte eins und eins zusammen. Den Deckel des Toilettenkastens abgenommen, war er froh erst nachgeschaut zu haben. Denn dieser war ebenfalls leer. So verrichtete er seine Notdurft erneut draußen unter den Bäumen und nutzte die Gelegenheit sich anschließend etwas umzusehen.

Hinter der Hütte fand er tatsächlich einen Brunnen vor. Keinen gemauerten wie aus alten Märchenfilmen, mit Seil und Eimer über einem aufwändigen Holzrahmen, sondern ein funktioneller aus Guss mit manueller Pumpe und ellenlangem Hebel. Ein paar Mal an der kunstvoll verzierten Mechanik gezogen und nach kurzem gurgeln plätscherte bereits Wasser in den Trog. Der Brunnen funktionierte also einwandfrei und Thomas war zufrieden.

Abseits des Brunnens führte eine schiefe Treppe aus Natursteinen den Hang hinauf, an den sich die Hütte schmiegte. Neugierig stieg Thomas die überwucherten Stufen nach oben und fand den erwähnten Wasserbehälter. Neben dem Behälter, der fast vollständig mit Laub bedeckt war, war ein klobiger Kasten zu sehen bei dem es sich eigentlich nur um den Generator handeln konnte.

Hier oben, direkt an der Dachkannte, konnte er gut den steinernen Kamin sehen, aus dem dichter Rauch aufstieg. Thomas spürte wieder Stolz. Kaum hatte der Tag begonnen hatte er schon herausgefunden wo sich Wassertank und Generator befanden, hatte den Brunnen getestet und war drauf und dran sich einen fabelhaften Kaffee zubereiten zu können.

Als er die moosbedeckte Treppe wieder hinunter zum Brunnen ging fiel ihm eine Falltür an der Hüttenwand auf. Da sie aus dem gleichen dunklen Holz wie die Hütte war und zudem halb von Laub bedeckt war, konnte man sie leicht übersehen. Thomas wunderte sich, hatte Avian doch nichts von einem Keller gesagt.

Während er mit kräftigen Zügen den Wassertrog füllte schaute er immer wieder zu der Falltür hinüber. Sein Blick war so gebannt das er zunächst nicht bemerkte wie der kleine Eimer, den er unter den Brunnen gestellt hatte, längst am überlaufen war.

In der Küche füllte er eine blecherne Kanne mit Wasser und stellte diese auf die ebene Fläche auf dem Ofen. Offensichtlich war sie genau dafür gedacht. Das restliche Wasser nutzte er zum Zähne putzen und kaum hatte er sich angezogen, kochte das Wasser bereits und er konnte es durch den kleinen Filter laufen lassen. Der Schluck dieses Kaffees war ausnehmend befriedigend für Thomas. Etwas völlig anderes, als am Vollautomaten auf Knopfdruck einen perfekten Milchkaffee zu bekommen, dachte er sich und fühlte binnen weniger Stunden zum dritten Mal Stolz. In Gedanken dankte er Avian und als er sah das sein Handy hier oben keinen Empfang hatte, musste er es bei dem gedanklichem belassen.

Thomas schlenderte in der Hütte umher und mit jedem Schritt den er ging wuchs in ihm der Tatendrang. Dem Laptop, der auf dem Schreibtisch lag, widmete er aber nur einen flüchtigen Blick. Trotz seiner deutlich besseren Verfassung war er noch nicht bereit mit dem Schreiben zu beginnen. Immerhin gab es so viel zu tun sagte er sich und Thomas freute sich auf die Aufgaben die vor ihm lagen.

***

Zuerst wollte Thomas den Wassertank befüllen um Wasserhähne und Toilette in Funktion zu bringen. Der Behälter fasste allerdings mehr als er vermutet hatte und so schleppte er Eimer um Eimer die schiefe Treppe nach oben und kippte sie in die kleine Öffnung.

Als das Überlaufen ein Ende der anstrengenden Arbeit angekündigt hatte, sah er nach dem Generator. Unter der Plane fand sich ein überraschend modernes Gerät das zu seiner Erleichterung mit einem großen „On/Off" Schalter aufwartete. Dennoch scheute Thomas darauf zu drücken. Er schlich um den Apparat, sah außer einem dicken Kabel welches in die Hütte führte allerdings nichts Bedenkliches und so traute er sich schließlich, auf den Knopf zu drücken. Das Aggregat schüttelte sich zwar kräftig aber außer keuchen und jammern brachte die Maschine nichts hervor. Auch weitere Versuche brachten keinen Erfolg und stellten so den ersten Misserfolg in Thomas' Einsiedlerleben dar. Frustriert gab er auf. Dieser Rückschlag schien schwerer zu wiegen als die jüngst errungenen Erfolge und Thomas' Freude am Landleben erfuhr einen jähen Dämpfer. Ein einfacher Gedanke hielt ihn davon ab unvermittelt in Depression und alte Muster zu verfallen.

„Benzin!", rief er und der Blick in den leeren Tank ließ ihn wieder Hoffnung fassen.

Es war keine böse Absicht des Universums oder sein Unvermögen, das den Generator nicht laufen lassen wollte. Nein, der Scheiß Tank war einfach nur leer. Irgendwo hier müsste sich Treibstoff befinden und dann hätte er auch in Nullkommanichts Strom.

„Sicher im Keller!", freute er sich.

Thomas sprang regelrecht hinunter zu der Falltür. In deren Schloss aber passte zu seiner Verwunderung keiner der beiden klobigen Schlüssel. Mehrmals versuchte er es, aber weder das alte Eisenschloss noch der sperrige Riegel ließen sich öffnen. Thomas beschloss die Suche nach Benzin zu verschieben und sich erst einmal mit der Hütte vertraut zu machen, vielleicht würde er ja den Schlüssel zum Keller dort finden.

Die Wasserhähne in Küche und Badezimmer spendeten jetzt tatsächlich klares Wasser. Zumindest nachdem die ersten Liter eine braune Brühe aus den Leitungen gespült hatten. Wie zu erwarten war, war das Wasser jedoch bitterkalt.

In der Küche sortierte und säuberte Thomas die wenigen Geschirrstücke und Vorräte und entgegen seiner Gewohnheiten beschloss er in der Hütte feucht zu wischen. Weniger aus gehobenem Sinn für Ordnung, eher als Beschäftigungstherapie. Er fürchtete, sobald er sich dem Müßiggang hingibt greift der Dämon Alkohol nach ihm. Eine Katastrophe, vor allem weil in der Hütte nichts Trinkbares zu finden war. Die

Erfahrungen des Morgens hatten ihm darüber hinaus deutlich vor Augen geführt das Beschäftigung, idealerweise gekoppelt mit Erfolg, das Beste für ihn war.

Der kleine Rückschlag am Generator hatte ihn beinahe wieder in die Depression geführt, daher war eine Tätigkeit mit Erfolgsgarantie wichtig. Schreiben am Roman fiel somit aus, was ihm aber nur allzu recht war. Was blieb war eigentlich nur Putzen. Möbel und Fenster hatten es ohnehin bitter nötig, ein feiner grauer Staubfilm bedeckte nahezu alles und die Ecken wurden von Spinnweben verziert.

In der kleinen Kammer neben der Toilette fand er alles was er benötigte, zudem Batterien für die Handlampen was ihn umso mehr freute. Auch ein dickes, uraltes Seil hing an der Tür was er erschreckend deplatziert fand. Für was brauchte man hier ein Seil? Benzin für den Generator war allerdings auch hier nicht zu finden. Der große Kessel in der Ecke verriet ihm jedoch wie er die Badewanne mit warmem Wasser vollbekommen würde.

Die Aussicht auf ein warmes Bad steigerte sein Wohlwollen der Hütte gegenüber und seinem

Aufenthalt hier oben weiter.

Jede Hausfrau die etwas auf sich hält hätte sicherlich die Hände über dem Kopf zusammenschlagen, wenn sie gesehen hätte wie er mit kaltem Wasser und einem einzigen und zudem altem Lappen die Hütte reinigte.

Aber es war Thomas egal, die Behausung fing an ihm wirklich zu gefallen und er wollte sich um sie kümmern. Zum ersten Mal seit Monaten zeigte er Eigeninitiative und das Ergebnis war ihm mehr als recht. Badezimmer, Wohnbereich und Küchenzeile sollten zwar für den Anfang reichen, aber je länger Thomas zu Gange war umso mehr fand er Gefallen daran. So beschloss er auch das Schlafzimmer zu säubern, jedoch kaum, dass er den Lappen am Fenster angesetzt hatte, erstarrte Thomas.

Ungläubig schaute er den Rahmen des runden Fensters entlang. Die Kratzer, er hatte sie heute Morgen schon vergessen und erst jetzt, als er hier am Arbeiten war dachte er wieder daran, sie waren verschwunden. Ungläubig fuhr Thomas mit der Hand den ganzen Rahmen entlang. Abgesehen davon das er staubig war, so wie der Rest, war er aber völlig unversehrt. Thomas war sich sicher am Abend noch deutliche Beschädigungen daran erkannt zu haben. Möglicherweise hatte er auch in der einsetzenden Dunkelheit den Schmutz für Schäden gehalten.

„Aber ich konnte sie doch fühlen. Oder etwa nicht?", fragte er sich.

Thomas untersuchte das Fenster genauer. Wie er gestern schon vermutet hatte, stellte sich das Fenster als nicht zu öffnen heraus, was die fehlenden Kratzspuren erklären könnte. Denn wenn es nicht zu öffnen war, dann konnte auch nichts oder niemand hinausklettern. Oder herein.

Thomas reinigte weiter den Raum soweit es ihm als Mann mit mangelnder Erfahrung und einem Eimer mit kaltem Wasser eben möglich war.

Erschöpft ließ er sich in einem der nun sauberen Sessel des Wohnbereichs nieder und betrachtete bei einer weiteren Tasse Kaffee zufrieden was er getan hatte. Der Laptop, um den Thomas schon den ganzen Tag einen großen Bogen gemacht hatte, lag unverändert auf dem Schreibtisch.

Das moderne Stück High-Tech passte überhaupt nicht in die rustikale Umgebung und wirkte auf ihn wie ein Fremdkörper. Beim Anblick des gebürsteten Edelstahls spürte er Unbehagen. Das unruhige Flackern des Ofenfeuers spiegelte sich schemenhaft darin und er dachte an die mahnenden Worte Avians. Plötzlich brach erneut eine bleierne Müdigkeit über ihn herein. Warum nur erschlug sie ihn immer in dem Sessel? Zunächst kämpfte er gegen das Einschlafen an, gab dem Druck aber schließlich nach und gönnte sich ein Schläfchen.

***

Die losen Traumfetzen wurden begleitet von tiefen und unheilvollen Stimmen, die die Satzfragmente der verbrannten Seiten wiederzugeben schienen. Die Fetzen sammelten sich zu einer rabenschwarzen Leere, in der ein rotglühender Ofen stand. Eine gesichtslose Person kniete davor und warf Seite um Seite hinein. Als Thomas nah genug an sie herangetreten war, wandelte sich die anonyme Figur zu Avians grinsendem Gesicht. Das schrille Lachen zerriss den Traum. Schweißgebadet schreckte er auf.

Es war bereits weit nach Mittag, von Avian noch immer keine Spur und Thomas war sich nicht mehr sicher ob er sich für heute oder einen anderen Tag angekündigt hatte. Er wusste nicht einmal genau welcher Tag denn heute eigentlich war? War es nur ein Nickerchen oder hatte er Tage geschlafen? So oder so, er hatte einen fürchterlich unangenehmen Schlaf hinter sich, der Sessel schien sich für Nickerchen nicht zu eignen.

Von dem gelungenen Kaffee ermutig beschloss er sich an einer heißen Suppe zu versuchen. Bestimmt würde ihm eine warme Mahlzeit guttun.

Das Ergebnis war sicher kein Anwärter für einen Michelin Stern aber erwies sich als genießbar. Der Verzehr allerdings machte ihm einen eklatanten Mangel in der Hütte deutlich. Außer arbeiten und essen konnte man hier scheinbar wirklich nichts tun, zu gerne hätte er etwas Unterhaltung gehabt. Der Fernseher aber blieb mangels Treibstoffes für den Generator stumm und Bücher oder Magazine waren Mangelware, das Radio blieb stumm. Thomas wunderte sich, dass in einem Ferienhaus eines Verlages nicht ein einziges Buch zu finden war. Die uralten Magazine zum Feuermachen mal außen vorgelassen.

Tatsächlich war der Alltag wohl von Arbeit bestimmt und als Thomas in die fast leere Holzkiste sah, war ihm auch sofort klar was morgen auf dem Programm stehen würde. Für heute reichte es aber noch, befand er nach dem Anlegen, und beschloss die restliche Suppe draußen auf der Veranda zu sich zu nehmen. Durch seinen verstörenden Traum war die gute Laune des Tages weitgehend dahin und auch die Lichtung wirkte weniger freundlich.

Er zerrte einen der Stühle unter der Folie hervor und nahm Platz. Immer wieder warf er dabei einen Blick den Pfad entlang, doch auch als es schon dämmerte war von Avian nichts zu sehen. Thomas fand sich damit ab das er wohl heute nichts mehr von ihm hören würde. Die aufkommende Nacht und die Geräusche des Waldes, die sich entsprechend zu ändern schienen, all das begann Thomas zu genießen. Das Vogelgezwitscher war mit dem letzten Tageslicht verstummt und der Wind schien jetzt mit den Kronen der Bäume noch leichteres Spiel zu haben. Die Dunkelheit und der Wald wirkten auf Thomas durchaus bedrohlich, aber er begann die neuen Eindrücke zu genießen. Das zerreißende Krächzen der Krähen allerdings war dann zu viel des Guten. Er ging zurück nach drinnen.

Sein mühsamer Einsatz beim Wassertank am Mittag zeigte Früchte, denn weder für Toilettengänge noch zum Waschen musste er die Hütte verlassen. Den Ofen zum letzten Mal richtig angefeuert, ging Thomas nach oben und legte sich zu Bett.

Zuvor aber genoss er abermals die gewaltige Aussicht durch das runde Fenster. Mit ihrem hellen Schein am Horizont schien die Stadt nun wieder in greifbare, tröstende Nähe gerückt zu sein. Thomas konnte sich nicht erklären warum sie bei Tag nicht zu erkennen war. Die neue Batterie für die Lampe gab ihm ein Gefühl von Sicherheit, der silberne Schimmer des beinahe kreisrunden Mondes machte sie aber eigentlich unnötig.

Von der Unterseite des Fensters her jedoch

lenkte ihn etwas ab. Das Mondlicht funkelte ihm entgegen und bei genauerer Betrachtung erkannte Thomas zwei Wasserflecken an der Außenseite des Rahmens. Wie kamen sie dorthin? Es hatte den ganzen Tag nicht geregnet soweit er sich erinnern konnte, zudem war sonst nichts nass. Thomas vermutete, bei der Reinigung wäre etwas von dem Wasser zwischen Glas und dem alten Holzrahmen hindurchgelaufen.

Lange Zeit betrachtet er den riesigen Himmelskörper vom Bett aus, er hatte es mit dem Einschlafen nicht eilig. Ob der Mond wohl von jedem Punkt des Planten so nahe wirkte wie hier, fragte er sich und bemerkte das er eine so einfache Frage aus der Grundschule nicht beantworten konnte. Er hatte sich aber auch noch nie Gedanken um so etwas gemacht und bei der Suche nach einer Antwort schlief er ein.

Kapitel Vier

Die wenigen Holzscheite würden nicht lange anhalten, dachte sich Thomas als er den Ofen am Morgen anschürte um erneut Kaffeewasser aufzusetzen.

Die Notwendigkeit des Holzhackens kam ihm aber gerade recht. Der Laptop schien ihn regelrecht aufzufordern endlich mit dem Schreiben zu beginnen. Das schimmernde Flammenspiel auf seiner metallisch-matten Oberfläche wirkte weiter bedrohlich und unheilvoll. Thomas fühlte sich bedrängt, geradezu genötigt und in seiner Anspannung verschüttete er etwas Wasser beim Aufsetzen.

„Du siehst ja, es gibt wichtigeres zu tun!", ranzte Thomas ohne dabei zum Schreibtisch hinüber zu sehen.

Argwöhnisch und misstrauisch beobachtete er den Laptop im Augenwinkel, während er zittrig das Wasser aufwischte und den Kaffee aufbrühte.

„Außerdem gibt's gar keinen Strom", erklärte er der regungslosen Maschine.

Die Reflektionen auf dem Gerät tanzten wilder

und fordernder als ihr Ursprung im gusseisernen Ofen und Thomas' Versuche, all das zu ignorieren scheiterten. Obwohl er mittlerweile an der Küchenzeile stand um den Lappen, mit dem er das verschüttete Wasser aufgenommen hatte, auszuwringen spürte er noch die Anwesenheit der modernen Maschine. Als Thomas hinübersah schien es als hätte sich der Laptop direkt auf ihn ausgerichtet. Aber wie sollte das möglich sein? Oder hatte er schon die ganze Zeit so herum gelegen? Der Dämon Alkohol war kurz davor nach Aufmerksamkeit zu verlangen.

Thomas wrang den Lappen immer stärker und fester, schon längst kam kein Tropfen mehr heraus.

„Verdammt noch mal!", rief er laut.

In langen, schweren Schritten stampfte Thomas auf den Schreibtisch zu und packte den Computer. Ohne zu zögern ging er zu der kleinen Kammer neben dem Badezimmer, riss die Tür auf und pfefferte das Gerät in eines der Regale.

„Und da bleibst du jetzt!", rief er in die kleine Kammer hinein und schlug die Tür zu.

Thomas bedauerte das sie sich nicht absperren

lies und so lehnte er sich einen Moment dagegen, während er mit tiefen Zügen Luft holte. Er war erleichtert, in letzter Not war er davongekommen. In die Kammer hatte er nicht nur den Computer verbannt.

***

Draußen zeigte die Natur eine weitere Fassette ihrer Lieblichkeit. Nebelschwaden lagen über dem Wald und die Sonnenstrahlen würden noch eine Weile brauchen um sie völlig aufzubrechen.

Mit einigen Zügen der herrlich frischen Luft in seiner Lunge hatte Thomas die verstörende Episode mit dem Laptop verdrängt und wandte sich voller Tatendrang dem Holz zu. Neben der Hütte, geschützt unter den mächtigen Bäumen, war ein ansehnlicher Haufen Holz aufgeschichtet. Zwar waren die Stämme bereits zurecht gesägt, aber ohne sie nochmals zu spalten würden sie nicht durch die kleine Tür des Ofens passen dachte er.

Thomas hatte gewaltigen Respekt vor der Aufgabe, hatte er doch noch nie Holz gehackt und die Erinnerungen an seinen Opa waren hier weit weniger hilfreich als noch beim Feuer machen. Trotzdem zog er die erwartungsgemäß beschwerliche Arbeit der einzigen Alternative, dem Schreiben, vor und hoffte es würde ihn von der erschütternden Erkenntnis ablenken: Es war mehr als nur eine Schreibblockade. Er fürchtete eine Angst vor dem Schreiben an sich zu entwickeln, wenn sie nicht gar schon ausgeprägt war.

Mühsam zerrte Thomas einen der Holzblöcke auf den Hackklotz, an dem die Axt lehnte. Ihren hölzernen Stiel klammerte er fest mit beiden Händen. Er war so glatt und abgegriffen, diese Axt musste schon hunderte von Hölzern gespalten haben. Zu seiner Verwunderung lag sie so perfekt in seinen Händen als hätten sie als Vorlage für den Griff gedient. Der Kopf war zwar rostig aber nach einigen Hieben zeigte sich, dass sie ihren Dienst noch verrichten konnte und Thomas wunderte sich wie leicht ihm Arbeit die fiel. Kaum mehr als zwei Hiebe benötigte er um einen der Blöcke zu entzweien. Dennoch dauerte es bis er einen großen Haufen gespaltener Scheite beisammen hatte. Nicht dass er eine solche Menge benötigt hätte, aber lieber war er am Holz hacken als drinnen in der Nähe dieses verfluchten Laptops.

Das Holz, das nicht mehr in die Kiste neben dem Ofen passte, setzte Thomas auf der kleinen Veranda auf. Vorher zog er die Plane von den Möbeln, fegte das Laub hinunter und brachte so die Veranda zu neuem Leben. Scheit für Scheit schichtete er auf was eine anderweitige Nutzung des Vorbaus allerdings fast unmöglich machte. Der monotone Ablauf der Arbeit ließ ihm genügend Zeit drüber nachzudenken, was er wohl als Nächstes angehen würde, nur um der Schreiberei zu entfliehen. Aber es fielen ihm wieder die fesselnden Zeilen ein, die er im Ofen gefunden hatte. Zwar perfekt in ihrer Art und Weise, des Ausdrucks und der Diktion. Aber ihr Inhalt war so furchterregend das es den Leser tief im innersten traf. Thomas konnte nur hoffen das die Zeilen einen rein fiktionalen Ursprung hatten.

Ein Schauer lief ihm über den Rücken und fröstelte ihn. Es ließ ihn unmittelbar an Avians Spruch denken, das Holz zweimal warm machen würde. Beim Hacken würde er stark geschwitzt haben und jetzt, bei der vergleichsweisen leichten Arbeit, musste ihm deshalb kalt geworden sein.

„Da hat aber jemanden die Arbeitswut gepackt", hörte Thomas eine Stimme und erschrak
sich fürchterlich.

Hinter ihm stand Avian mit seinem unver-
wechselbaren Grinsen. Thomas hatte ihn nicht
kommen hören, wie aus dem Nichts stand er
plötzlich mitsamt seinem Wagen vor der Hütte.

„Avian? Wo kommst du denn her?", stammelte Thomas doch Avian reagierte nicht darauf.

„Schön dich so zu sehen, Thomas! Voller Tatendrang!"

„Wie ist das möglich?", fragte sich Thomas
und wunderte sich ob er so sehr in Arbeit und
Gedanken vertieft gewesen sein konnte, dass er
den riesigen Geländewagen nicht hatte kommen
hören.

„Ich habe was für dich", lockte Avian und holte ein paar Kanister aus dem Kofferraum seines
Wagens. „Hatte ich vergessen."

„Ah Treibstoff", atmete Thomas auf. „Für den
Generator!"

Kaum die Kanister abgestellt umarmte Avian
seinen Freund, was Thomas sichtlich genoss.

„Wie geht es dir? Gut siehst du aus! Immer
noch das Gestrüpp im Gesicht?", fragte Avian

und zog spöttisch an Thomas' Bart.

„Weißt du, du hattest tatsächlich Recht. Der Aufenthalt hier oben scheint mir wirklich gut zu tun", strahlte Thomas aber Avian ging an ihm vorbei und betrat die Hütte.

„Na siehst du, hier oben hat noch jeder zu seiner Bestimmung gefunden", sagte er zufrieden und sah sich um.

Dabei war der Ofen kurz vor dem ausgehen, Thomas hatte während seiner Holzhackerei vergessen nachzulegen. So war es in der Hütte überraschend schnell wieder kühl geworden. Eilig legte er Holz nach, in der Hoffnung das Feuer nochmal zu retten.

„Kaffee?", fragte Thomas und lies ohne eine Antwort abzuwarten etwas Wasser in die kleine Blechkanne.

Avian blickte sich derweil weiter um. Der Laptop lag nicht mehr auf dem Schreibtisch, dort wo er ihn abgelegt hatte.

„Wie läuft es mit dem schreiben?", fragte er.

„Weißt du, ich muss mich erst mal hier zurechtfinden", wich Thomas aus.

Avian warf ihm einen ungläubigen Blick zu, dem Thomas ebenso auswich und lieber das

Wasser auf den Ofen stellte. Obwohl das Feuer wieder gut loderte, wollte es in der Hütte nicht warm werden. Thomas zweifelte sogar, dass es reichen würde um die Kanne Wasser zum Kochen zu bringen und beugte sich hinunter.

„Außerdem hatte ich ja keinen Strom, weißt du?", versuchte Thomas zu erklären.

Er zog und drückte dabei die wenigen Regler die am Ofen moniert waren ohne zu wissen was er da tat. Ohne Erfolg. Schlussendlich gab er den Ofen auf und wandte sich doch Avian zu.

„Ach Gott verdammt!", rief Thomas und warf die Arme in die Luft.

„Der hilft dir hier sicher nicht", erwiderte Avian abschätzig und nahm Thomas ins Gebet.

„Versuch es zumindest. Mach kleine Schritte! Du wirst doch keine Angst haben, oder?"

Avians Frage traf Thomas wie ein Stachel mitten ins Herz.

„Ach was, wie kommst du darauf?!"

Unbeholfen versuchte Thomas das Thema zu wechseln.

„Du hättest mir sagen können das man hier oben keinen Empfang hat!", warf er Avian vor und schob gleich nach: „Außerdem passt keiner der Schlüssel an der Kellertür!"

„Kellertür? Welcher Keller?" Avian runzelte die Stirn.

„Naja die Falltür hinter der Hütte. Ist das ein Keller oder sowas?", fragte Thomas.

„Die Hütte hat keinen Keller, für was auch?"

„Ich bin doch nicht blöd Avian, für irgendwas muss die Tür ja gut sein", hakte Thomas nach doch Avian hob nur entschuldigend die Hände.

Thomas bat ihn schließlich mit nach draußen zu kommen, was Avian nur zögerlich annahm. Als die beiden hinter der Hütte angekommen waren fehlte von einer Falltür jede Spur. Ziellos stapfte Thomas durch das Laub und je länger die Suche dauerte desto verzweifelter wirkte er.

„Sie ist schwer zu finden, bestimmt unter dem Scheiß Laub", sagte Thomas und strich die unzähligen Blätter mit seinen Füßen zur Seite.

Doch dort wo er die Tür vermutet hatte, wo er sich sogar sicher war das sie sein würde, fand er nichts als gewachsenen Boden unter dem Laub.

„Sie war hier!", rief er und begann mit den Händen zu suchen.

Avian stand daneben und beobachtet seinen verzweifelten Freund wie er auf allen vieren über den Boden kroch.

„Thomas, ich kenne die Hütte seit Ewigkeiten und ich sage dir es gibt keinen Keller oder eine Falltür."

Thomas sah ratlos zu ihm auf. Er befürchtete Avian würde ihm Alkoholkonsum unterstellen und für einen kurzen Moment war er sich nicht sicher ob er nicht doch getrunken hatte.

„Ich habe nichts getrunken Avian", beteuerte er ohne das eine Anschuldigung ausgesprochen worden wäre. „Die Tür war hier!"

Avian beließ es dabei nicht auf Thomas' Worte einzugehen und half ihm lieber auf. Er ging voraus, zurück zur Vorderseite der Hütte und Thomas schlich ihm mit gesenktem Kopf nach. Avian würde ihn jetzt bestimmt mit zurück in die Stadt nehmen fürchtete er. Das Experiment war gescheitert und er würde Thomas zurück in die Klinik bringen. Doch Avian verlor kein Wort über die Szene. Stattdessen holte er einige Tageszeitungen aus dem Wagen während Thomas sich auf den Stufen der Veranda niederließ. Der Alkoholentzug schien doch nicht Spurlos an ihm vorüber zu gehen dachte er sich, als er seine verdreckten Hände ansah.

Weitere Zweifel an seinem Geisteszustand kamen auf als er Avians Wagen betrachtete. Der schwere Geländewagen war nicht nur blitzsauber, auch der Lack war tadellos was Thomas kaum glauben konnte angesichts des schmalen Pfades, mit seinen Ästen und Zweigen. Der Wagen sah nagelneu aus.

Avian setzte sich zu ihm auf die Stufen und reichte ihm die Zeitungen.

„Ein bisschen Zivilisation", bemerkte er während Thomas die Titelseiten überflog.
Avian lies Thomas mit seinen Gedanken zurück und nahm in der Hütte die Kanne vom Ofen. Als er zurückkahm hatte er zwei dampfende Tassen in den Händen und reichte eine davon dem niedergeschlagenen Thomas hinunter. Ohne viele Worte zu verlieren saßen beide auf den Stufen der Veranda und tranken ihren Kaffee.

„Ich mach mich wieder auf den Weg Thomas. Schreib auf was dir fehlt, ich sehe morgen wieder nach dir, Okay?", sagte Avian lange nachdem die Tasse bereits ausgetrunken war.

Thomas sah entschuldigend zu ihm auf, hoffte Avian würde aus der Eskapade mit der Falltür keinen weiteren Hehl machen. Dass er sich so unvermittelt verabschiedete war Thomas nur Recht, er wäre am liebsten vor Scham im Boden versunken.

Beide drückten sich noch einmal und wünschten einander alles Gute bevor Avian sein Ungetüm auf den Feldweg manövrierte. Schon nach wenigen Metern war der riesige Wagen nicht mehr zu sehen, lediglich das Blubbern des Motors war zu vernehmen. Als auch dieses verstummte kehrten Vogelzwitschern und das Rauschen der Baumkronen wieder zurück.

Thomas ging zurück in die Hütte in der es der Ofen endlich geschafft hatte Wärme zu verbreiten. Die Zeitungen warf er auf den Schreibtisch, beschloss aber erst seine Arbeit zu Ende zu bringen. Noch immer war nicht alles von dem Holz aufgesetzt und den Generator konnte er jetzt auch endlich befüllen.

Während er die letzten Scheite zur Veranda trug konnte er seine Gedanken nicht von der Falltür lassen.

„Ich bin doch nicht bescheuert!", murmelte er.

Hastig legte er die Scheite ab und eilte entschlossen um die Hütte herum und tatsächlich,

jetzt fand er die schwere Falltür beinahe auf Anhieb. Nur wenig Laub lag darüber. Ratlos sank
Thomas auf den Boden. Es war keine Illusion,
die Tür war da. Er schlug fest mit der Faust darauf und rüttelte am eisernen Schloss. Eine Hal-
luzination konnte unmöglich derart real sein
sagte er sich. Aber warum hatte er sie dann vorhin nicht finden können?

Er rannte in die Hütte zurück und suchte sein
Handy, weit konnte Avian noch nicht sein. Er
musste zurückkommen und sich davon über-
zeugen das Thomas nicht gesponnen hatte.

„Kein Netz" las er, es stand höhnisch in der
oberen Ecke des Displays und zerschlug damit
auch Thomas' Hoffnung, Avian noch erreichen
zu können.

Was also jetzt? Wenn es eine Tür gab musste es
auch einen Schlüssel dazu geben. Aber die ein-
setzte Dämmerung erschwerte eine Suche danach. Zumal er schon während seines Putzmara-
thons keinen Schlüssel hatte finden können

Er beschloss zunächst den Tank des Generators
zu füllen. Die Kanister waren schwer und
Thomas hatte Mühe sie die schiefe Treppe hin-

auf zu tragen. Noch mehr Schwierigkeiten bereitete es ihm die Kanister in den umständlich angebrachten Tankstutzen zu kippen. So landeten einige Liter auf dem Boden statt im Tank. Mit stillen Flüchen bedachte er die Konstrukteure des Aggregats und ging zurück um die restlichen Kanister zu holen.

Unten an der Treppe blieb er stehen. Vor der Falltür lag ein unwirklich weißes Stück Papier, es sah aus wie eine Seite eines Manuskriptes. Er war sich sicher, dass sie vorhin noch nicht da gelegen hatte.

Hatte Avian sie womöglich fallen gelassen? Wenn ja, warum hatte sie der Wind nicht davon geweht oder unter dem Laub begraben? Als Thomas das Papier aufhob sah er ein paar Schritte weiter eine weitere Seite liegen und dann noch eine. Die Seiten schienen eine Spur zu bilden die in den Wald führte. Thomas folgte ihr zögerlich, aber die so ungewöhnlich platzierten Seiten hatten seine Neugierde entfacht. Trotz der Dämmerung, zu der sich nun noch schwere Wolken gesellten, ging er der Fährte nach ohne eine Lampe aus der Hütte zu holen. Am Ende der Spur war zunächst nichts Ungewöhnliches zu finden. Thomas versuchte die Seite die er aufgehoben hatte zu lesen und glaubte nicht was dort geschrieben stand.

Bereits die ersten Worte erkannte er als die unheilschwangeren Worte aus dem Ofen. Mehr brauchte es nicht um Thomas vor Angst zittern zu lassen. Bei aller Achtung vor dem handwerklichen Können, er fürchtete mittlerweile diese gequälten Zeilen.

Eilig wollte er zurück zur Hütte doch mit dem Umdrehen stolperte er. Ein ungewöhnlich geformtes Stück Holz hatte ihn zu Fall gebracht, der Form nach war es ein altes hölzernes Kreuz gewesen. Etwas war hineingeritzt. Thomas wischte das Moos von dem brüchigen Stück und konnte „T.V.I." entziffern.

Waren es Initialen? War hier womöglich ein altes Grab? Waren es die gleichen Seiten wie aus dem Ofen? Die Fragen bohrten sich in seinen Kopf, die Angst steigerte sich zur Panik.

Thomas schauderte und rannte zurück zur Hütte, deren Position er im Mondlicht nur ahnen konnte. Das Lachen der Krähen trieb ihn weiter an und er hetzte durch das undurchsichtige Dickicht, Zweige und Äste schlugen ihm ins

Gesicht. Obwohl er jetzt rannte kam ihm der Weg länger vor als vorhin. Immer schneller hetzte er durch das Unterholz.

Entkräftet brach er durch das Gebüsch hinter dem Holzhaufen, krabbelte darüber und atmete erst dann tief durch, als er den ersten Fuß auf die Veranda gesetzt hatte. Er blickte zurück von wo er gekommen war aber die Nacht war endgültig hereingebrochen. Außer dem fernen Lachen der Krähen und seinem geschundenen Gesicht zeugte nichts mehr von seiner Hatz durchs Unterholz. Dabei hatte er zudem die Teile des Manuskripts verloren.

Die Haustür schloss er so oft ab wie es das Schloss zuließ und suchte schließlich Schutz am wärmenden Ofen. Seine Gedanken kreisten dabei um das Erlebte, etwas derart Verstörendes hatte er noch nicht erlebt. Als er sich schließlich etwas beruhigt hatte und zu Bett ging, machte er sich darauf gefasst auch diesmal nicht sofort Schlaf zu finden. Zu seinem Entsetzen konnte die Schlafzimmertür zudem nicht separat abgeschlossen werden.

So beschloss Thomas auch heute eine der Handlampen brennen zu lassen, zumal die dichten Wolken diesmal auch keinen beruhigenden Schimmer aus Mondlicht im Zimmer zuließen. Der gestern noch so prächtige Erdtrabant war sogar überhaupt nicht wahrzunehmen. Was war nur los mit ihm?

Kapitel Fünf

Der dritte Morgen in der Einsiedlerhütte hieß in weniger freundlich willkommen als die ersten.

Thomas schreckte auf, schweres Trommeln hatte ihn aus seinem Schlaf gerissen. Zunächst konnte er es nicht zuordnen und erst nach einem Moment bemerkte er, dass es von einem schweren Regenfall herrührte. Das dünne Dach der Hütte filterte das Prasseln der schweren Tropfen nur unzureichend und so war die Nacht für Thomas beendet. Er war nicht böse darum, denn er hatte denselben Alptraum wie gestern gehabt.

Wieder hatte er einen gesichtslosen Mann gesehen der Manuskriptseiten in den Ofen steckte. Diesmal aber kam er nur schwer an ihn heran. Egal wie viele Schritte er machte, der Abstand schien sich kaum zu verringern. Gefolterte Stimmen riefen immer lauter die ihm vertrauten Zeilen. Er kannte diese Zeilen bereits gut, zu gut.

Die gequälte Figur mahnte und wiederholte immer und immer wieder. Ihre Stimme und unheilvolle Chöre vermischten sich zu einem markerschütternden Schrei je näher er kam, doch bevor er in ihr Gesicht sehen konnte wurde er vom besagten Trommeln aus dem Schlaf gerissen.

„Scheiße", murmelte Thomas und stütze sich auf seine Ellenbogen. Auf seiner Stirn standen Schweißperlen.

Was Thomas aber mehr ängstigte als der Traum selbst, war die beunruhigende Tatsache, dass er sich dessen bewusst war. Trotzdem hatte er nicht erwachen können und es brauchte den unwetterartigen Regen um ihn aus dem Alptraum zu befreien. Dazu die unheimliche Erfahrung mit den Manuskriptseiten gestern. Immer wieder diese Zeilen.

„Wo sind die nur hergekommen?", fragte er sich und rieb sich die nasse Stirn mit seinem Shirt trocken.

Möglicherweise wollte ihm das Universum, oder sonst wer sagen er solle wieder schreiben. Kurioserweise hatten die Ereignisse tatsächlich einen gewissen motivierenden Effekt auf ihn gehabt. Die Atmosphäre, geprägt von diesen eindrucksvollen Zeilen, so beängstigend sie auch waren, drängte das Schreiben von Thrillern geradezu auf und Thomas dachte sich, dass er später am Tag zumindest einen Versuch starten sollte.

Als er sich etwas überzog und das Bett richtete, dachte er aber auch über die Dinge nach die heute anstanden, und Vorrang gegenüber dem Schreiben hatten. Die Überlegungen waren ein Betrug an sich selbst, der zarte Funke der Motivation schien nicht stark genug gewesen um Thomas wirklich an den Laptop zu setzen.

Zuerst wollte er den Schlüssel für die Kellertür finden und draußen die Seiten des Manuskripts aufsammeln. Zudem beschloss er, bei Tageslicht nochmal nach dem vermeintlichen Grab zu suchen.

Zumindest letzteres zerschlug sich unmittelbar wieder, denn draußen regnete es in Strömen. Er war froh bereits das Holz unter der Veranda gestapelt zu haben. Die üblichen Routinen aus Ofen anfeuern, Kaffeewasser aufsetzten und der morgendlichen Toilette liefen bereits wie geschmiert und ging ihm so leicht von der Hand, als hätte er bereits sein halbes Leben in den Wäldern verbracht.

Das Unwetter draußen allerdings würde ihn

womöglich früher zum Schreiben zwingen als er
befürchtet hatte. Denn die Hütte bot ihm keine
Tätigkeit die zur ausreichenden Ablenkung die-
nen könnte. Bis auf die erneute Schlüsselsuche,
die aber aufgrund der übersichtlichen Ver-
steckmöglichkeiten schnell abgeschlossen werden konnte. Zwar ohne Erfolg, aber er hätte bei
diesem Unwetter sowieso nicht zur Kellertür
gelangen können ohne sich den Tod zu holen.

Die Tageszeitungen, die Avian gebracht hatte,
forderten ihn kaum mehr als dreißig Minuten.
Aus dem Sessel heraus schaute Thomas durch
das Wohnzimmer, sein Blick blieb an der hölzernen Tür neben dem Badezimmer hängen. Es
lief ihm kalt den Rücken hinunter, je länger er
die stumme aber bedrohlich wirkende Tür betrachtete. Er wusste genau was dahinter lauerte.
Verlegen griff er erneut zur Zeitung und beschloss auch die Artikel zu lesen, die ihn überhaupt nicht interessierten. So würde er weitere
wertvolle Minuten an Zeit totschlagen können.
Über den Rand der Zeitung hinweg huschte
immer wieder ein kontrollierender Blick hinüber
zur Tür. Als würde sie seinen Blick erwidern
brach er jedes Mal nach wenigen Sekunden ab.

Nachdem Thomas, für ihn gänzlich untypisch, sogar die obligatorischen Kreuzworträtsel abgearbeitet hatte und beinahe jeden Artikel ein zweites Mal gelesen hatte, schlug er die Zeitung schließlich auf den Boden und hob den Kopf. Das knistern des Ofens schien stärker zu werden je länger er und die Tür sich anstarrten.

„Also gut! Verdammt noch mal!", fluchte er und stürzte aus dem Sessel hinüber zur Tür.

Er riss sie auf und wühlte in dem unordentlichen Krimskrams der Regale. Dann fand er seinen Computer und holte ihn aus dem Kämmerchen.

Thomas nahm Platz am alten Schreibtisch und klappte unverzüglich den Laptop auf. Euphorie machte sich zu seinem Erstaunen breit während ihm die wohlige Wärme des Ofens in den Rücken stieß.

Kaum war der Computer jedoch hochgefahren und das Schreibprogramm geöffnet zeigte sich, dass Thomas zwar dabei war seine Angst vor dem Schreiben zu verlieren, aber deshalb seine Kreativität nicht auch zwangsläufig zurückgekehrt war.

Wieder saß er vor der Tastatur und ließ seinen Titelhelden ein ums andere Mal, in dutzenden Varianten, sterben. Das Prozedere unterschied sich kaum von den jämmerlichen Versuchen in seiner Wohnung, nur das er hier oben glaubte mehr Selbstvertrauen gefunden zu haben und er, das war vielleicht am wichtigsten, trocken war. Aber Thomas war doch niedergeschlagen, nachdem er wutentbrannt den Laptop geholt hatte, hatte er tatsächlich geglaubt es würde mit dem Adrenalinschub jetzt besser von der Hand gehen. Die quälenden Stunden vor dem Computer brachten ihn jedoch jäh auf den Boden der Tatsachen zurück und in seinem Geist zündete sich der unheilvolle Funke, dass er ebenso betrunken in seiner Wohnung hätte bleiben können. Einzig das Umfeld hier brachte ihn wieder auf andere Gedanken und er war sich sicher, in der verhassten Stadt wäre er definitiv zum Alkohol abgerutscht, nüchtern wäre er besser dran.

Das Piepsen des Geräts verkündete einen schwachen Akku und Thomas nahm es als willkommen Gelegenheit die Sache zu beenden. Bei diesem Sauwetter konnte er auch nicht zum Generator hinausgehen um Strom zu erzeugen.

Oder er wollte nicht. So oder so war das Schreiben für heute beendet.

Den restlichen Tag langweilte er sich lieber fürchterlich und das Wetter schien eher schlimmer anstatt besser zu werden. Selbst der Blick aus dem Schlafzimmerfenster war nicht zu genießen, denn der dichte, graue Regen ließ kaum eine nennenswerte Aussicht zu. Bestimmt wäre es toll gewesen das riesige Tal zu sehen wie es mit seinen unzähligen Baumwipfeln unter dem kaskadenartigen Sturzregen versinkt. Aber weder der endlose Wald noch die Stadt waren zu erkennen, die Sicht riss nach wenigen Metern abrupt ab.

Hin und wieder machte er sich halbherzig daran den Schlüssel zu finden. Aber da er wegen des starken Unwetters die Holzläden der Fenster geschlossen hatte, war er auf die Beleuchtung der Handlampen angewiesen, was wenig hilfreich war. Um die Zeit weiter tot zu schlagen füllte er die Badewanne mit warmem Wasser und nahm ein Bad. Sicherlich hätte er das nach den Tagen der Katzenwäsche auch so nötig gehabt, es war aber ein willkommener Lückenfüller. Ebenso das Zubereiten einer unnötig üppigen Mahlzeit aus Eiern, Fleisch, Speck und Kartoffeln resultierte eher aus Langeweile und zur Ablenkung denn aus Notwendigkeit. Da das Wetter nicht nachzulassen schien und die Nacht bereits hereinbrach, beschloss Thomas er könne auch ebenso gut zu Bett gehen.

Während das Unwetter ein unheimliches Klangorchester aus knackenden Bäumen, heulenden Winden und prasselndem Regen erzeugte, dass zudem das Dachgebälk der Hütte ächzen und stöhnen lies, richtete er sein Bett mit der unguten Befürchtung, auch heute wieder nicht gut zu schlafen.

Mit dem Erstellen von Plänen für den kommenden Tag versuchte Thomas seine Gedanken von dem beängstigenden Getöse fern zu halten. Wenn alles gut lief, würde er sogar noch einmal versuchen zu schreiben. Er versprach es sich sogar und freute sich schließlich fast ein wenig darauf, auch wenn es sich nach einer Lüge anfühlte.

Bald darauf schien der Sturm etwas nachzulassen und je mehr er sich dies eingeredet hatte, desto eher schlief er ein.

***

Eine Tragödie! Der Tankstutzen stand sperran-
gelweit offen, Thomas musste ihn vergessen
haben. Er ärgerte sich unheimlich über seine
Nachlässigkeit. Natürlich hatte er es vergessen,
schließlich wollte er noch die letzten Kanister in
den Generator füllen, als er von der mysteriösen
Spur aus Manuskriptseiten abgelenkt wurde.

Gestern hatte es wie aus Eimern geschüttet
und die schillernden Farben in den Pfützen auf
und um den Generator herum ließen befürchten,
dass der Tank bis über den Rand hinaus vollge-
regnet war. Der Boden um die Hütte herum war
zu einem weichen Morast verkommen und an
einigen Stellen sank er mit seinen Stiefeln beinahe bis zur Wade ein.

Thomas war früh aufgestanden, die Sonnenstrahlen der aufgehenden Sonne hatten ihn regelrecht aus dem erfreulich ereignislosen Schlaf
geküsst und gleichzeitig verkündet, dass der
Sturm vorüber war. Er hatte sich einiges vorge-
nommen, das Starten des Generators sollte eigentlich nur einen Bruchteil seiner Zeit in An-

spruch nehmen. Von dieser Hoffnung verabschiedete er sich rasch wieder. Zwar hatte
Thomas von Technik nicht allzu viel Ahnung
aber er wusste, wenn er jetzt den Startknopf des
Generators betätigen würde wäre er ruiniert.
Das Gemisch aus Wasser und Benzin würde
dem Motor sicher nicht bekommen. Aber wenn
es ihm gelingen würde die Brühe aus dem Tank
heraus zu holen, bevor sie in Leitungen und
Filter gelangte, hatte er noch eine Chance. Immerhin hatte er noch zwei Kanister voller rei-
nem Benzin.

Das Aggregat auf die Seite zu kippen kam ihm
als erstes in den Sinn, erwies sich aber als un-
mögliches Unterfangen. Entweder war der kleine Kasten deutlich schwerer als gedacht oder
war mit dem Boden verankert, denn nicht einmal einen Zentimeter vermochte Thomas ihn
anzuheben. Bei dem Versuch rutschten ihm zudem noch die Füße im matschigen Untergrund
weg und er fiel auf den nassen Boden. Im letzten
Moment konnte Thomas sich etwas abfangen,
sonst wäre er wohl mit dem Kopf gegen den
Generator oder auf den Boden geschlagen. Stöhnend erhob er sich aus der zähen Masse und

klopfte den Matsch von seiner Kleidung, zumindest versuchte er es. Bestimmt könnte er irgendwo die Treibstoffleitung abziehen und den Tank so leerlaufen lassen, aber hier wurde ihm sein mangelndes Talent bei Technikfragen zum Verhängnis.

In etlichen Filmen hatte er doch schon gesehen wie aus Fahrzeugen Sprit gestohlen wurde, erinnerte er sich und so begann Thomas nach einem Schlauch zu suchen. In der kleinen Abstellkammer der Hütte fand sich schließlich ein Stück eines alten Gertenschlauches, etwas kurz aber es würde sicher gehen.

Thomas atmete mehrmals tief ein und aus, dann zog er kräftig an dem Schlauch. Es funktionierte besser als gedacht, denn das ekelhafte Gemisch schoss ihm direkt in den Mund und es fehlte nicht viel, dann hätte er sich neben dem Aggregat übergeben müssen.

Hustend und würgend beugte er sich über den Generator und als er spuckend die farbenfrohe Brühe aus dem Schlauch auf den Boden plätschern sah, war er einerseits zufrieden das sein Plan funktionierte, ärgerte sich aber auch kein

Gefäß untergestellt zu haben. Schnell griff er zu den leeren Kanistern und versuchte zu retten was noch zu retten war. Den letzten Rest bekam er mit seiner Technik nicht aus dem Tank heraus und so musste er hoffen, dass die Menge an nachgefülltem Benzin die verbliebene Menge an Wasser obsolet machen würde.

Den Deckel des Tanks drehte er diesmal gewissenhaft zu und zögerte etwas, bevor er schließlich den Knopf zum Starten drückte. Das mühselige Wimmern des Anlassers klang eine Ewigkeit durch den angrenzenden Wald und hallte von dort zurück. Ganz langsam schließlich, hustete sich der Generator zurück in sein stotterndes Leben. Der Auspuff stieß Thomas weißblaue Rauchschwaden ins Gesicht und die ungesund klingenden Aussetzer des Motors ließen ihn nichts Gutes erahnen. Doch nach ein paar Minuten des Bangens lief der kleine tapfere Kasten wie ein Uhrwerk.

Thomas sah fürchterlich aus, Schlamm verdreckt und nach Benzin stinkend hatte er zudem noch den widerwärtigen Geschmack im Mund, der auch nach unzähligem ausspucken nicht weichen wollte. Dennoch lächelte er zufrieden und voller Stolz. Innerhalb kürzester Zeit war es ihm bereits zum wiederholten Male gelungen, ein Problem aus eigener Kraft zu lösen.

Durch dieses Hochgefühl getragen wollte er nach der Spur sehen, die ihn gestern in den Wald gelockt hatte. Aus der Hütte holte er eine Lampe und aus einem Gefühl heraus, dass er nur als Angst beschreiben konnte, nahm er auch die Axt mit.

Von den Seiten war jedoch keine Spur zu finden. Thomas überlegt ob der Regen sie hinfort gespült oder aufgelöst haben konnte. Er konnte sich nicht einmal mehr daran erinnern an welcher Stelle ihn die Spur in den Wald gelockt hatte. Die Baumreihen wirkten gänzlich anders als er an ihnen auf und ab ging. Hinter dem Holzhaufen, aus dem er aus dem Wald gestürzt kam, war das Unterholz derart dicht und verwachsen das er daran zweifelte das dort überhaupt etwas herausgekommen sein könnte.

Nur wenige Schritte ging er in den Wald hinein und doch konnte er beim Umdrehen die Hütte kaum mehr erkennen, trotz strahlendem Sonnenschein. Der Wald schien ihm so dicht, dass er sich sicher war: wenn er jetzt weiter vordringen würde, würde er nie wieder zurückfinden. Thomas gab auf, er war enttäuscht. Wenn er auch nicht unbedingt das Grab hatte wiederfinden wollen, oder was es auch immer war, so hatte er zumindest gehofft einige der Seiten zu finden. Oder sollte alles nur Einbildung gewesen sein?

Seine Atmung war nervös und flach als Thomas wieder aus dem Dickicht heraustrat, Hochgefühl und Zuversicht hatten sich aufgelöst. Als er die Axt an ihren Platz zurück stellen wollte blieb sein Blick an ihr hängen. Die Lippen wurden schmal und seine Augen drückten sich zu schmalen Schlitzen zusammen. Dann packte er sie wieder mit beiden Händen und ging mit energischen Schritten hinter die Hütte.

Durch das nasse Laub hatte er Schwierigkeiten die Kellertür zu finden, aber kaum hatte er sie freigelegt begann er mit schweren Hieben auf sie einzuschlagen. Das eiserne Schloss sprang auf und ab als die Axt kraftvoll auf die dicken Holzplanken der Luke niederging. Obwohl er die Holzblöcke mit wenigen Schlägen spalten konnte, gab die massive Falltür nicht nach. Nur

Kerben gelang es ihm hineinzuschlagen, aber nennenswerte Schäden trug sie nicht davon. Nach wenigen Minuten war er bereits erschöpft und stützte sich auf den langen Stiel der Axt, die Tür strafte er mit einem abfälligen Blick.

Sie war also aus massivem Holz gefertigt, soviel war sicher, was aber war mit dem Schloss? Thomas landete mehrere heftige Hiebe, einige schlugen sogar Funken, aber auch das kleine eiserne Schloss gab nicht nach.

„Das gibt's doch nicht", bemerkte er schwer schnaufend.

Ungläubig sah er auf das Schloss hinab, das ebenso wie Holz und Riegel durch seine Wut zwar etwas Schaden genommen hatte, aber in der Funktion unbeirrt blieb. Ebenso Scharniere und Bänder, gegen nichts konnte er mit der Axt etwas ausrichten und so gab er schlussendlich auf. Thomas brauchte noch einen guten Moment bevor er zurück vor die Hütte ging. Zunächst versuchte mit tiefen Zügen wieder zu Atem zu kommen. Die Hiebe hatte er mit derartiger Wucht und unbändigem Willen ausgeführt, dass sie ihm alle Kraft geraubt hatten. Und vielleicht sogar, da sie ohne Erfolg geblieben waren, aber

das wollte er noch nicht eingestehen, auch die
Zuversicht die Luke jemals zu öffnen. Verdros-
sen stapfte er durch das nasse Laub zurück.

***

Das Blinken der kleinen Lampe an seinem Laptop signalisierte ihm das der Strom durch die
Hütte floss. Zumindest beim Generator hatte er
also Erfolg. Durch seinen erschöpften Zustand
und dem Geruch der von ihm ausging, sah er
sich genötigt erneut ein Bad zu nehmen, bevor
er einen weiteren Schreibversuch wagen wollte.
  Schon während der aufwendigen Prozedur die
Wanne mit warmem Wasser zu füllen, war er
wenig zuversichtlich das er heute etwas Vernünftiges zu Papier bringen würde. Der Gedanke an die Manuskriptseiten im Wald und diese
verfluchte Kellerluke ließen ihn nicht los. Dann
noch das hölzerne Kreuz. Zu gerne hätte er es
heute wiedergefunden. Kaum hatte er sich in
das warme Wasser hinabgelassen, lösten sich
seine Gedanken auf und es fielen ihm die Augen
zu.
  Wieder stand er in einem dunklen Nichts, sah

die gequälte Figur, den glühenden Ofen und wie sie Seiten hineinwarf. Entgegen der vorrangegangenen Albträume zitierte die Person jedoch nicht die unheimlichen Verse der verbrannten Manuskripte. Nein, es waren Zeilen aus Thomas' Büchern. Frühe Werke aus seiner Drangphase als Komödienschreiber, gleichwohl die Sätze, so melancholisch manisch vorgetragen, hier eine ganz andere Wirkung zeigten.

Thomas näherte sich ohne es zu wollen der Figur, die ihm mit jedem Schritt vertrauter vorkam. Als er glaube den Charakter zu erkennen stocke ihm der Atem, denn er blickte auf sich selbst hinab. Ohne Vorwarnung packte ihn der knieende Thomas am Arm und zog seine Hand in die offene Ofentür. Die Hitze war unerträglich und Thomas sah dabei zu wie seine Haut blasen warf und verbrannte, während sein zweites Ich wie eine Krähe lachte.

Vor Schmerzen schreiend erwachte er. Aber der Schmerz verschwand nicht und seine Hand zeigte deutliche Brandverletzungen. Jetzt bemerkte er das kochende Wasser in der Wanne. Es blubberte wild, heißer Dampf stieg auf verbrühte seine Augen und Rachen. Er konnte spüren wie sich seine Haut zersetzte und sein Fleisch sich vom Knochen löste. Panisch versuchte er der Wanne zu entfliehen aber die Ränder waren glühend heiß und jedes Mal rutschte er zurück in den siedenden Bottich.

Wieder wachte er auf, gebeutelt von dem Gefühl zu ertrinken. Er hechtete aus dem Wasser und erst als er vor der Wanne stand wurde ihm klar, dass er erst jetzt wirklich wach war. Das Wasser in der Wanne war bereits lange kalt und auch Schmerzen verspürte er keine.

„Scheiße was war das denn!?"

Sein Herz raste, der Traum war so unglaublich real, dass er seinen Körper untersuchen musste ob er auch wirklich unversehrt war. Keine Spuren einer Verletzung, seine Haut war lediglich blass und an Fingern und Zehen schrumpelig. Thomas stütze sich am Waschbecken auf und betrachtete sich schwer atmend im Spiegel.

„Ich brauch was zum saufen", stellte er fest und begann sich vorsichtig abzutrocknen und anzukleiden.

Die unermüdlich blinkende Lampe des Laptops

erinnerte ihn allerdings an das Versprechen das er sich selbst gegeben hatte. Gleichzeitig hatte es die gleiche unheilvoll mahnende Wirkung wie der Cursor des Schreibprogramms. Und so gab sich Thomas erst dem Computer hin, als der kleine Fernsehapparat trotz Stromversorgung nicht richtig funktionieren wollte und es so erneut einen Mangel an Alternativen gab.

Aber Thomas schrieb nicht ein einziges Wort. Er starrte nur den Cursors an, der sich in seiner bohrenden Hartnäckigkeit mit dem Takt der Ladelampe verbündet hatte. Verzweifelt schlug er den Deckel des Geräts zu und vergrub sein Gesicht in den Händen. Der nervtötenden kleinen Lampe tat das allerdings keinen Abbruch und Thomas schleuderte wütend den Laptop vom Tisch. Weit flog dieser aber nicht, denn das kurze Ladekabel bremste seinen Flug abrupt und er krachte neben dem Tisch zu Boden.

„Na toll", resignierte Thomas nachdem ihm bewusst wurde was er getan hatte.

Er kniete sich neben den Computer um ihn aufzuheben, aber als er nach oben sah bemerkte er etwas Seltsames. Etwas schien an der Unterseite der Schublade des Schreibtisches zu sein.

Thomas ging näher heran und erstarrte als er sah um was es sich handelte.

„Ist das etwa?", fragte er sich.

Ein eiserner Schlüssel war von unten an die Schublade geklebt und Thomas wusste sofort, dass es sich um den Schlüssel für die Kellertür handeln musste.

Ihn dort auf normalem Weg zu finden war unmöglich. Thomas hatte die Hütte während des Regens gestern auf den Kopf gestellt und er war sich sicher, dass er auch den Tisch untersucht hatte. Aber logischerweise hatte er nur in der Schublade nachgesehen, nicht darunter. Warum sollte man einen Schlüssel auch unter einer Schublade verstecken?

Thomas griff zum Schlüsselbund, den Avian ihm gegeben hatte, und verglich die Schlüssel. Sie waren dem unter der Schublade sehr ähnlich. Thomas nahm den Schlüssel an sich und betrachtete ihn. Er war wie die anderen sehr alt aber weit weniger abgenutzt, gleichwohl er ebenso rostig war. Er packte sich eine der Handlampen und eilte hinter die Hütte. Obwohl es schon spät am Tag war und die Abenddämmerung wieder bereit war einzusetzen, fand er die

Tür auf Anhieb. Im Schein der Lampe kniete er sich davor und mit zitternden Händen führte er den Schlüssel in das Loch.

Er passte und auch wenn das Schloss durch seine Bearbeitung mit der Axt verbeult und mitgenommen aussah, lies es sich überraschend leicht öffnen. Thomas klappte den großen Eisenriegel nach oben und zog kräftig an der schweren Falltür. Darunter verbarg sich ein gähnend schwarzes Loch, das selbst die moderne Lampe nur bis zu den ersten Stufen einer alten steinernen Treppe erhellen konnte. Thomas musste allen Mut zusammenfassen um die Stufen hinab zu steigen.

Am Ende der Treppe befand sich ein mit Spinnweben verhangenes Kellergewölbe, dessen uralte Petroleumlampen an den Wänden nicht auf elektrisches Licht schließen ließen. Einige wenige Kisten und Fässer standen herum die allesamt leer sein mussten, denn Thomas konnte sie leicht ankippen. Der Strahl seiner Lampe brach sich an Regalen, die an den Wänden standen und mit verstaubten aber ebenfalls leeren Gläsern gefüllt waren. Es schien sich um einen ganz gewöhnlichen Keller zu handeln. Zwar alt, durchaus mysteriös und etwas gruselig aber enttäuschend gewöhnlich. Thomas drehte sich um als er auf einer der Kisten nahe der Treppe im Lichtkegel eine alte Schreibmaschine obenauf stehen sah.

Neben all den leeren Gefäßen und Spinnweben war sie das einzige interessante Objekt und er wunderte sich, warum sie ihm nicht schon beim Betreten aufgefallen war. Sie war wunderschön und als er näher herantrat bemerkte er, dass sie kaum mit Staub bedeckt war. Seltsam, wo doch alles um sie herum mit einer millimeterdicken Schicht überzogen war.

Thomas beschloss die Maschine mit nach oben zu nehmen und schleppte das abartig schwere Teil die Treppe hinauf. In der Hütte stellte er sie auf den Schreibtisch auf dem sie zuvor schon viele Jahre gestanden haben muss, die kleinen Füße passten perfekt in die Kerben und Kratzer auf dem Tisch.

Den Schlüssel packte Thomas, nachdem er den Keller wieder verschlossen hatte, zurück unter die Schublade. Es kam ihm so vor als wäre dies der einzig richtige Platz dafür.

Im Licht der Hütte sah die Schreibmaschine

noch eleganter, noch wundervoller aus. Thomas konnte das Klacken der Tasten regelrecht hören und dachte darüber nach, wie viele Werke diese wohl schon zu Tage gebracht hatten.

Mit einem feuchten Tuch wischte er die Maschine sorgfältig sauber und um ihrem Antlitz gerecht zu werden, räumte er alles beiseite was auf dem Schreibtisch lag. Aber es war nicht gut genug und so zerrte er ihn in die Mitte des Raumes, in die Nähe des gusseisernen Ofens. Sessel und Sitzgruppe räumte er eigens dafür zur Seite.

Hier stellte sie nun unangefochten das Prunkstück der Hütte dar und keinen anderen Platz schien sie verdient zu haben. Thomas betrachtete die Maschine und ihre metallische Oberfläche, wie sie dem Lichterspiel der Flammen im Ofen als Leinwand diente und tiefer Stolz erfüllte sein Herz. Er konnte seinen Blick nicht abwenden und betrachtete den alten Apparat lange vom Sessel aus, es hatte eine stark anziehende und beruhigende Wirkung auf ihn. Entsprechend spät ging er die knarzige Holztreppe nach oben ins Schlafzimmer.

Die Aussicht durch das Fenster über das Tal

war das einzige, das entfernt an die Schönheit
der Maschine heranreichte. Hinten am Horizont
versank die Sonne mit einem letzten Funkeln.
Zufrieden legte sich Thomas zu Bett und freute
sich auf den kommenden Tag.

Ein letzter Gedanke kam ihm in den Sinn und
ließ ihn lange grübeln. Hatte Ideroff seine gequälten Zeilen etwa mit dieser Maschine geschrieben?

Kapitel Sechs

Kein Auge hatte er zugetan. Thomas wusste
nicht wieviel Uhr es mittlerweile war, aber es
musste bereits nach Mitternacht gewesen sein.
Nicht der helle Mondschein, der dankenswert-
erweise wieder durch das kleine Fenster fiel,
hielt ihn wach. Nein, es war der letzte Gedanke
der ihm kurz vorm Einschlafen gekommen war
und seitdem wie ein Virus gewuchert hatte.

Wurden die unheilvollen Seiten des verbrannten Manuskripts auf der Maschine geschrieben?
War es Ideroffs Maschine? Thomas konnte nicht
glauben das eine so schöne Maschine etwas derart Düsteres hervorbringen konnte. Egal wer die
Schreibmaschine benutzte, sie konnte gewiss
keinen Anteil an den schweren Gedanken des
Autors leisten.

Vielleicht wurden die Seiten überhaupt nicht
in der Hütte verfasst und wer weiß ob Ideroff
tatsächlich der Name einer realen Person war.
Auch wenn dies alles zutreffen würde, so war
längst noch nicht sicher das auch die Schreibmaschine zum Verfassen genutzt wurde. Thomas
unterbrach seine Gedanken, er glaubte unten im

Wohnzimmer jemanden zu hören. Er richtete sich auf und lauschte in Richtung der Tür. Rief ihn da etwa jemand?

Als er an der Tür stand und sie vorsichtig einen schmalen Spalt weit öffnete, schien das Wohnzimmer unten hell erleuchtet. Durch das Feuer im Ofen? Eigentlich dürfte es jetzt nicht mehr so stark lodern, höchstens etwas glimmen, dachte er sich und als er auf die knarzende Treppe trat, sah er zuerst die Schreibmaschine und wie die Flammen wieder auf ihr tanzten. Er glaubte erneut jemanden rufen zu hören. Ohne zu zögern ging er hinunter und direkt auf den Schreibtisch zu. Wortlos zog er den Stuhl heran, öffnete die Schublade, zog wie selbstverständlich ein Paket schneeweißes Papier hervor und spannte einen Bogen davon in den Mechanismus der Maschine.

Der erste Anschlag klang wie die Eröffnung einer Operette und verhalte nur langsam, bevor nach einem kurzen Moment der Ruhe unzählige weitere wie Maschinengewehrfeuer auf das Papier niedergingen. Die Seite füllte sich wie von Geisterhand, Zeile um Zeile und Thomas konnte die Gedanken kaum so schnell zu Papier bringen wie sie ihm in den Kopf geschossen kamen. Ohne nachzudenken vollendete er Seite um Seite und mit jedem Anschlag loderte das Feuer im Ofen wilder.

Thomas war kaum mehr als ein Passagier seiner eigenen Gedanken, nicht fähig die Richtung zu kontrollieren. Gespannt verfolgte er die rasante Fahrt und schrieb wahnhaft seine Beobachtung nieder. Es war eine Geschichte wie sie er noch nie geschrieben hatte, düster und melancholisch. Er konnte sich nicht erklären woher er die Ideen kamen aber sicher waren sie durch die Ereignisse der letzten Tage Inspiriert. Er beschloss den kreativen Fluss nicht zu hinterfragen und hörte erst auf zu tippen als die Gedanken versiegten.

Adrenalingeladen zog er die letzte Seite aus der Maschine. Es war eine Orgie aus Gewalt und Verzweiflung, die er in Rekordzeit geschrieben hatte und nachdem er erschöpft auf dem Stuhl zusammengesackt war, beruhigten sich auch die züngelnden Flammen des Ofens. Seine Hände und Finger schmerzten, die Tasten der alten Maschine erforderten deutlich mehr Kraft als die modernen Tastaturen eines Laptops. Mit den

Daumen rieb er über seine Fingerspitzen, der taube Schmerz half ihm aus der Trance heraus. Schließlich schleppte er sich schwermütig zurück in sein Schlafzimmer. Was war da eben geschehen? Er wunderte sich wie er nur auf eine solch grauenvolle Geschichte kommen konnte, wo er schon bei einem vergleichsweißen harmlosen Kriminalroman seine Schwierigkeiten hatte. Aber andererseits wollte er auch einen Genrewechsel. Wieder beschloss er das erlebte nicht weiter zu hinterfragen und kaum das er in seinem Bett lag verfiel er in tiefen Schlaf.

Zu Beginn sah alles nach dem üblichen Traum aus. Der Ofen, der unendliche dunkle Raum, alles war wie gehabt aber im Detail war etwas anders.

Die unheilvolle Atmosphäre fehlte ebenso wie die bemitleidenswerte Kreatur vor dem Ofen. Stattdessen lag ein Stapel Papier davor. Ein Manuskript, sehr dick und sehr schwer. Weit über achthundert Seiten musste es haben, dachte Thomas als er es anhob. Er konnte nicht erkennen was auf den Seiten stand, denn kaum senkte er seinen Kopf wurde ihm schwarz vor Augen.

Er konnte spüren das es etwas Bedeutungsvolles war, etwas, das ihm beim Schreiben helfen würde, könnte er es nur erkennen. Aber als er das Manuskript mit sich nehmen wollte, weg vom Ofen, wurde ihm gleichfalls schwarz vor Augen. Als er sie wieder öffnete, stand er direkt vor dem glühenden Ungetüm aus Gusseisen.

Das offene Türchen forderte ihn auf es hinein zu werfen aber Thomas weigerte sich. Die Flammen schlugen ihm wild aus dem gleißenden Loch heraus entgegen, und obwohl es ihn ängstigte, war es ihm unmöglich zurück zu weichen. Selbst als die heißen Zungen ihn erreichten und seine Hände, die er schützend über das Manuskript hielt verbrannten, war er nicht im Stande wegzulaufen. Immer stärker kreisten die Flammen ihn ein und er war drauf und dran bei lebendigem Leib zu verbrennen. Vor Schmerzen schreiend fuhr Thomas auf und ein Blick auf seine unversehrten Hände versicherte ihm, dass er wieder erwacht war.

Die aufgehende Sonne drückte sich bereits deutlich über den Horizont und warf ihren Schein durch das runde Fenster. Thomas genoss das wärmende Licht und wie es den Schauer des

Traums vertrieb. Beim Blick über das Tal und dem lauschen der Vögel kam ihm plötzlich ein merkwürdiger Gedanke.

Hatte er nicht gestern Abend genau hier gestanden und der Sonne zugesehen, wie sie hinter genau demselben Horizont untergegangen war? Wie kann so etwas sein? Er fragte sich ob es nicht gar schon wieder Abend gewesen sei aber so lange hatte er unmöglich geschlafen. Thomas schob es auf die Nachwirkungen des Alkoholentzugs und möglicherweise hatte er sich auch einfach vertan.

Auf der Treppe packte Thomas ein Schaudern. Neben der Schreibmaschine lag fein säuberlich das Manuskript welches er in der Nacht verfasst hatte. Der Ofen war erloschen, völlig ausgekühlt. Zumindest einen Rest an Glut hätte Thomas erwartet nachdem er in der Nacht noch so gelodert hatte. Warum eigentlich?

Thomas konnte sich nicht erinnern Holz nachgelegt zu haben während er schrieb. Überhaupt waren die Erinnerungen an die letzte Nacht seltsam verschwommen und neblig, er musste sich konzentrieren um sie von einem Traum unterscheiden zu können. Gäbe es den Stapel beschriebenes Papier nicht, Thomas hätte es tatsächlich einem Traum zugeordnet. Seltsam, wie klar sich Träume hier oben anfühlen und wie nebulös reale Erlebnisse sind, dachte Thomas.

Mit dem bleibenden unbehaglichen Gefühl legte er Feuerholz an und entzündete den Ofen wieder. Unfassbar wie genau er dem aus seinen Träumen entsprach. Thomas setzte Kaffeewasser auf und dachte daran was Avian wohl sagen würde, wenn er erfährt das Thomas etwas zu Papier gebracht hatte.

Nicht nur eine Idee, nein, eine vollständige Geschichte hatte er binnen einer einzigen Nacht geschrieben. Seltsamerweise jedoch verspürte Thomas keinerlei positive Regung bezüglich dessen. Kein Gefühl von Stolz oder Selbstachtung überkam ihn, wie etwa noch beim reparieren des Generators. Es regte sich überhaupt nichts in ihm außer der Hoffnung, Avian würde sich zufrieden zeigen.

Das Feuer kam nur schwer in Gang, so dass Thomas sogar mit einem langen Zweig in dem Rohr zu stochern begann, in der Annahme es könnte verstopft sein. Auf allen vieren kroch er vor dem Ofen herum. Aber weder das Rohr noch der Ofen ließen etwas Ungewöhnliches erkennen und auch das Leerräumen des Aschekastens brachte keine Besserung.

Das Singen der Vögel verstummte. Wolken schienen sich vor die Sonne zu schieben, so wie es mit einem Mal dunkler in der Hütte wurde und es ihn zu frösteln begann. Er hoffte, dass das kümmerliche Feuer im Inneren des Kolosses zumindest für das aufwärmen des Wassers reichen würde. Gerade als er nach der Kanne greifen wollte, hörte er wie aus dem Nichts eine Stimme.

„Thomas mein Freund!"

In der Tür stand Avian und war bester Laune.

„Avian!", der zu Tode erschrockene Thomas sprang augenblicklich auf, „was machst du denn hier?", sagte er und wischte seine Rußverschmierten Hände an der Hose ab.

Avian schlenderte in die Hütte, unter seinem Arm ein Bündel Zeitungen.

„Was meinst du? Ich habe doch gesagt ich komme immer mal wieder vorbei", sagte er und legte das Bündel auf den Schreibtisch, sehr zu

Thomas' missfallen.

Avian sah das der Tisch in die Mitte des Raumes verlegt wurde, und mit Blick auf die Schreibmaschine und den beschriebenen Blättern zog sein diabolisches Grinsen auf.

„Du alter Teufelskerl!", raunte Avian anerkennend und tippte mit dem Finger auf den Stapel.

Angespannt sah Thomas seinem Freund nach. Wie ein Raubtier um seine Beute schlich Avian um den Tisch.

„Ist es gut? Oh, ich weiß das es gut ist!"

Avian schien nur mit sich selbst zu reden und nahm schließlich wie selbstverständlich das Manuskript an sich.

Thomas wollte zwar das er zufrieden war, immerhin war es seine erste Arbeit seit langem, aber als er sah wie Avian es ohne seine Zustimmung an sich nahm war er kurz davor es ihm wieder aus seinen Händen zu reißen. Avian blätterte kurz in den Seiten und zeigte sich äußerst zufrieden mit dem war er las.

„Ich weiß das es das ist", murmelte er leise.

Thomas ging einen Schritt auf ihn zu.

„Es ist nur ein erster Entwurf, noch nicht fertig. Noch lange nicht!"

Als Thomas es Avian abnehmen wollte wandte dieser sich geschickt ab und ging zur Tür.

„Es ist perfekt Thomas! Den Rest machen wir schon", Avian brachte die Seiten ohne Umwege hinaus in seinem Wagen und verriegelte ihn.

„Es ist perfekt für den Anfang, wir wussten du bist der Richtige", sagte er als er an dem nachgeeilten Thomas vorbei zurück in die Hütte ging.

Drinnen ging er dann zum ersten Mal auf die Schreibmaschine ein ohne sich dabei über ihre Herkunft zu wundern.

„Old School. Wundervoll!", schwärmte er und setzte sich an den Tisch.

Thomas empfand Empörung als er seinen Freund dort an seiner Maschine sitzen sah. Wie konnte er es wagen? Er fand Avian war nicht der Richtige um sich dort niederlassen zu dürfen. Er war ein Agent, ein Diener und Lakaie der Verlage aber sicherlich kein Schreiber. Was wusste er schon über die Höhen und Tiefen, über die Erfüllung und den Schmerz den das Schreiben bieten konnte? Langsam, fast andächtig ließ Avian seine Hände über die Maschine gleiten. In Thomas' Hosentaschen ballten sich seine zu Fäusten.

„Ich liebe dieses alte Ding", flüsterte Avian.

Thomas schien sich verhört zu haben und fragte brüskiert was Avian damit meinte.

„Ich liebe diese alten Dinger", antworte er laut und deutlich.

„Das du überhaupt Papier und Farbband gefunden hast", gab sich Avian verwundert und zu Thomas' Erleichterung stand er dabei auf.

„In dem Schreibtisch war alles was ich brauchte, die Maschine habe ich auch hier gefunden", sagte Thomas und seine Stimme beruhigte sich.

Dabei konnte er deutlich seinen Atem sehen und blickte zum Ofen. Das Feuer kam einfach nicht in Gang.

Avian zeigte sich unbeeindruckt von der Äußerung, sah in die leere Schublade des Schreibtisches und ging auf Thomas zu, ganz dicht stellte er sich vor ihn

„Hast du das, ja?", fragte er mit tiefer Stimme und sein Grinsen war verschwunden.

Thomas schluckte. Avian kam ihm bedrohlich vor, fast einschüchternd.

„In dem Keller, hinter der Hütte", stammelte Thomas.

Zunächst befürchtete er Avian würde ihm

wieder nicht glauben und eilte zum Schreibtisch um den Schlüssel unter der Schublade hervorzuholen, aber sein hektischer Griff führte mehrfach ins Leere. Er ließ sich auf die Knie fallen um einen Blick auf die Unterseite werfen zu können, aber der Schlüssel war verschwunden.

„Er muss heruntergefallen sein als ich den Tisch verrückt habe", versuchte Thomas zu erklären und suchte mit den Händen den Boden ab.

„Die Falltür, ich kann dir die Falltür zeigen!" rief er Avian verzweifelt zu nachdem er den Schlüssel nicht finden konnte.

„Lass es Gut sein", wiegelte Avian ab und hob die Hände. „Ich glaube dir."

Aus Avians Stimme hörte Thomas Gleichgültigkeit heraus, als wäre ihm egal ob Thomas Recht oder Unrecht hatte.

„Wir sind froh das du alles hast was du zum Schreiben brauchst, egal wie", sagte er und erklärte Thomas weiter, dass er froh sein solle momentan nicht in der Stadt zu sein. Avian deutete auf das Paket Zeitungen und verabschiedete sich.

„Die lese ich später", sagte Thomas.

„Dir wird gefallen was darinsteht!", versprach Avian wieder mit seinem gespenstischen Grinsen und wandte sich dem Ausgang zu.

„Was ist T.V.I?", rief Thomas ihm nach als er schon beinahe zur Tür hinaus war.

Avian blieben stehen, sah aber nicht zu seinem Freund zurück.

„Oder wer?", konkretisierte Thomas seine Frage.

Lange sagte Avian kein Wort, schien aber auch nicht nach Worten zu suchen. Vielmehr schien er abzuwägen wie viel oder was er sagen konnte. Oder wollte. Gespannt wartete Thomas auf eine Antwort, er konnte sehen das die Frage etwas ausgelöst hatte.

„Keine Ahnung was du meinst, tut mir leid. bis Morgen", war die enttäuschend ausweichende Äußerung nach der langen Pause.

Ungläubig stand Thomas in der Hütte und sah wie die Tür hinter Avian ins Schloss fiel. Er beschloss das so nicht hinzunehmen und lief ihm nach. Als er die Tür der Hütte aufgerissen hatte traute er seinen Augen nicht. Draußen war von Avian keine Spur und auch sein Wagen war verschwunden. Konnte er so schnell davon gefahren sein? Thomas lauschte in das Rauschen des Waldes ob er den Motor noch hören könnte, aber außer dem wiedergekehrten Vogelgezwitscher war nichts weiter zu hören.

Zurück in der Hütte wollte er die Kanne vom Ofen nehmen, verbrannte sich dabei jedoch fürchterlich. Thomas jaulte auf und ließ das blecherne Gefäß zu Boden fallen. Erst als er es wieder aufhob bemerkte er, dass das Feuer im Ofen jetzt lichterloh brannte und so das Wasser binnen kürzester Zeit zum Kochen gebracht haben musste. In der Hütte war es in der Tat so warm, dass er die Tür einen Moment offen lassen musste um keinen Hitzschlag zu erleiden. Er lies die verbeulte Kanne etwas abkühlen und füllte sie erneut.

Während er darauf wartete, dass das Wasser erneut kochte zog er eine der Zeitungen aus dem Stapel und setzte sich in den Sessel. Zunächst blätterte Thomas nur orientierungslos in dem Revolverblatt, doch ein Artikel ziemlich in der Mitte ließ seine Aufmerksamkeit erwachen. Es war nur ein kleiner Text, kaum mehr als eine Viertel Seite, aber es lief ihm ein kalter Schauer über den Rücken. Gänsehaut überlief ihn und mit Tunnelblick fokussierte er die Zeilen, die er mehrfach lesen musste. Die Meldung fühlte sich unwirklich vertraut an.

Von einem Mord war die Rede, soweit in einem Molloch wie Thomas' Stadt nichts Ungewöhnliches. Dass es die Meldung auf einen eigenen Artikel brachte, lag an der Art und Weise. Eine bestialische Tat an einem jungen Pärchen in der vergangenen Nacht. Spaziergänger hatten die Leichen der beiden, oder was von ihnen übrig war, im Park gefunden. Den schlimmen Verletzungen nach wurden sie mit einer Schaufel oder Axt ermordet. Darüber hinaus wurden die Leichen arrangiert, genauer ging man aus ermittlungstechnischen Gründen nicht darauf ein. Die Polizei erhoffte sich baldige Auskünfte über den Täter, denn so große Werkzeuge seien in der Stadt ungewöhnlich und daher müsste jemandem etwas aufgefallen sein.

Thomas war sich nicht mehr vollkommen sicher, aber in seinem fieberhaften Wahn der letzten Nacht, dem seine Geschichte entsprungen waren, ging es ebenfalls um einen blutrünstigen Mörder der nachts jungen Pärchen auflauerte. Die wenigen Informationen schienen sich mit dem von ihm Niedergeschrieben zu decken. Er sprang aus dem Sessel und begann panisch in den anderen Zeitungen zu blättern. In jeder war von der Tat zu lesen aber weitere Details waren auch hier nicht zu erfahren.

Das konnte Unmöglich sein, versicherte er sich und ging nervös in der Hütte auf und ab. Zu kontrollieren was genau in seinem Skript stand war nicht mehr möglich, Avian hatte es mitgenommen und so sehr sich Thomas auch anstrengte, er konnte sich nicht an den genauen Inhalt erinnern. Wahnhaft hatte er die Worte zu Papier gebracht, als wären sie ihm von einer inneren Stimme diktiert worden. Es brauchte lange bis er sich einigermaßen beruhigt hatte und je mehr er darüber nachdachte, umso unwahrscheinlicher kam ihm das alles vor.

Jeden Tag werden hunderte Morde auf der ganzen Welt begangen und dafür eine Axt zu verwenden ist zwar äußerst brutal aber bei weitem nicht so selten dachte er sich. Und was sollte „arrangiert" schon bedeuten?

Thomas setzte sich an den Schreibtisch und während er versuchte sich an die grausigen Details seiner Geschichte zu erinnern, fielen ihm stattdessen unzählige weitere für unzählig weitere Geschichten ein. Die zunächst wild kreisenden Gedankenfetzten formten sich bald zu einem Gesamtstück und mit der lodernden Wärme des Ofens im Rücken konnte er sich dem Sog der Schreibmaschine nicht entziehen.

Er zog einen Stapel des schneeweißen Papiers aus der Schublade und begann zu tippen. Bereits nach wenigen Worten strömte es wieder aus ihm heraus und wie wild flogen seine Hände über die alten, messingbeschlagenen Tasten der Maschine. Mit jedem Anschlag schienen die Flammen im Ofen heller zu leuchten und umso mehr Seiten er füllte, desto mehr kam es ihm vor als würde er etwas Erlebtes niederschreiben. Er musste sich die Geschichte nicht ausdenken, er brauchte sich nur daran zu erinnern.

Der Ofen loderte und fauchte, das Knacken des Kolosses reihte sich nahtlos in die metallisch klingenden Anschläge der Maschine ein. Der Schweiß tropfte ihm von der Stirn, in der Hütte wurde es unerträglich warm. Aber Thomas konnte nicht von der Maschine ablassen. Wenn er jetzt aufhören würde, würde er womöglich nie wieder Anschluss finden.

Erschöpft brach Thomas über der Maschine zusammen, mit dem letzten Anschlag verließen ihn seine Kräfte. Das letzte was er neben seinen schmerzenden Händen und der abklingenden Hitze im Rücken spüren konnte, bevor ihm die Augen zufielen, war unbändiger Stolz.

Als Thomas wieder zu sich kam war der Ofen völlig erloschen. Nacken und Kopf schmerzten mehr als seine Hände und er war zunächst nicht fähig die Situation einzuordnen.

Er konnte sich an Avian erinnern, aber nicht sagen ob es die letzte Erinnerung war. Da es in der Hütte stockfinster war, musste der Besuch allerdings bereits Stunden her sein. Erst als er die Maschine und den Stapel Papier sah, erinnerte er sich wage daran geschrieben zu haben. Seine Hände pochten, als würde das Blut darin zu kochen beginnen und sie waren so schmutzig, als hätte er mit bloßen Händen ein Loch gegraben.

Sein Gesicht im Spiegel sah nicht viel besser aus. Bergleute mussten so ausgesehen haben nach einer langen Schicht unter Tage. Seine ungepflegte Gesichtsbehaarung ließ ihn zudem mehr denn je wie einen verrückten Einsiedler aussehen. Er begann den Bart zu hassen und wusste wieder warum er nie einen trug. Zu mehr als einer rudimentären Waschung mit kaltem Wasser war er allerdings nicht fähig, obwohl sein Rasierzeug neben dem Waschbecken griffbereit lag, so erschöpft war er. Selbst dabei fielen ihm fast die Augen zu.

Völlig Durcheinander schleppte Thomas seinen ausgelaugten Körper die Treppe nach oben und ging ins Schlafzimmer. Trotz seiner Erschöpfung blieb er einen Moment am Fenster stehen und genoss einmal mehr die sagenhafte Aussicht. Mondschein bedeckte das komplette Tal. Sein Blick verfinsterte sich als er das Glühen der Stadtlichter am Horizont sah. Bevor das Gefühl von Abscheu überhand nehmen konnte legte er sich schlafen.

Auch dieser Traum begann wie jeder seiner Träume. Der wild lodernde Ofen jagte ihm keine Angst mehr ein. Vielmehr fühlte er sich hingezogen zu der Behaglichkeit die er auszustrahlen vermochte.

Im flackernden Spiel des Feuers glaubte Thomas etwas zu erkennen. Etwas Ungewöhnliches und etwas, das sicherlich nichts in einem Ofen zu suchen hatte. Es war zu stark von den Flammen umgeben als das er es erkennen konnte. Es sah irgendwie nach einem Ball oder einer Kugel aus. Er kniete direkt vor der offenen Tür und als er bemerkte, dass trotz des Feuers von dem Ofen keinerlei Wärme auszugehen schien, fasste er allen Mut zusammen und griff beherzt hinein.

Das Objekt fühlte sich weich und haarig an und als er seine unversehrten Hände aus dem Ofen zog, sah er tatsächlich auf ein Büschel Haare hinunter. Er hielt einen Kopf in seinen Händen, der die Zeit in den Flammen unbeschadet überstanden hatte. Zitternd drehte er ihn. Das Gesicht in das er blickte war sein eigenes.

Kapitel Sieben

Thomas saß kerzengerade im Bett, dann riss er
die Decke zur Seite. Eilig rannte er die Treppe
hinunter und blieb mitten im Raum stehen.
Er war sich sicher die Tür gehört zu haben. Das
Rumpeln und quietschen der schweren Holztür
war unverwechselbar und da er in der Hütte
niemanden sehen konnte, eilte er hinaus auf die
Veranda. Doch auch hier war niemand zu sehen
und auch das Laub auf dem kleinen Feldweg
ließ nicht darauf schließen, dass jemand hier
gewesen wäre.

Erst ein weiterer Albtraum in der Nacht, dann
spielten ihm auch seine Ohren wieder einen
Streich. Thomas zweifelte zusehends an seinem
Verstand. Aber als ihm die Sonne ins Gesicht
schien und er die Geräuschkulisse des Waldes,
die er indes so liebgewonnen hatte, vernahm,
fühlte sich alles genau richtig an.

Barfuß stand er auf der hölzernen Veranda,
streckte seine Zehen und spürte die Blätter, die
der Wind wieder dorthin geweht hatte. Thomas
schloss die Augen und nahm einige tiefe Züge
der herrlichen, wenn auch kühlen Luft.

Erst als er die Hütte wieder betrat kamen ihm erneut Zweifel an seinem Geisteszustand auf. Der Anblick der Schreibmaschine riefen bei ihm trübe Erinnerungen an den gestrigen Tag hervor und erst nach und nach erinnerte er sich daran überhaupt geschrieben zu haben. Es fiel ihm wieder ein, die schmerzenden Hände und die Erschöpfung. Und der trügerische Stolz.

Umso überraschender war es, dass das Manuskript sauber geordnet und gestapelt neben der Maschine lag. Er war sich sicher das zumindest die letzte Seite noch im Auszug der Maschine stecken müsste. Aber auch sie lag wie mit dem Lineal abgelegt auf dem akkuraten Stapel. War doch jemand hier gewesen?

„Avian?" rief Thomas vorsichtig.

Er war sich zwar sicher, dass er keine Antwort erhalten würde, doch lauschte er gespannt in die Hütte hinein.

Thomas setzte sich auf den Stuhl vor den Schreibtisch und blickte auf die Maschine. Dann sah er seine Hände, die nicht nur nicht mehr schmerzten, sondern auch keinerlei Anzeichen der Verschmutzungen von gestern aufwiesen.

Thomas ging ins Badezimmer und der Blick in

den Spiegel zeigte ihm ein ebenso makelloses wie glattrasiertes Gesicht. Er erinnerte sich das er sich nur etwas mit dem kalten Wasser gewaschen hatte, so dreckig wie er gestern gewesen war konnte er jetzt unmöglich so aussehen. Auch an eine Rasur erinnerte er sich nicht, aber der ganze verfluchte Tag lag wie hinter einer Wand aus Milchglas vor ihm. Nur schemenhaft konnte er sich zusammenreimen was vorgefallen war. Sein Verstand machte ihm zusehends zu schaffen, dann fiel ihm ein was Avian gesagt hatte.

Wo sollte Thomas denn Papier und Farbband für eine so alte Maschine finden? In der kleinen Schreibtischschublade hatte er gesagt? Wie sollte denn in der kleinen Schublade über so lange Zeit so viel schneeweißes Papier überdauert haben? Thomas ging vorsichtig zu dem kleinen Tisch, jeder Schritt darauf zu wurde beschwerlicher. Als würde ihn jemand oder etwas davon abhalten wollen nachzusehen. Die Maschine thronte oben auf, schien ihn anzusehen. Sie war es. Sie musste es sein.

„Ich muss es wissen", sagte er zu ihr und entschuldigte sich.

Zitternd zog er die Schublade auf und als er hineinsah hielt er sich beide Hände vor den Mund. Sie war leer, nicht eine einzige Seite lag darin.

Thomas wich einen Schritt zurück und blickte die Maschine mit fragenden Augen an. Dann berührte er sie, spürte das kühle Metall unter seinen Fingern. Er drückte ein paar Mal auf die schweren Tasten und atmete beim Klacken der Anschläge auf. Die Maschine war also echt, also musste auch der Rest echt sein.

Bestimmt war es einfach das letzte Papier gewesen das er aufgebraucht hatte, redete er sich ein. Der Stapel des Manuskripts war allerdings jetzt schon höher als die Schublade, was Thomas jedoch ignorierte.

„Der Schlüssel!", rief er und ging augenblicklich auf die Knie.

Als wäre er nie wo anders gewesen, hing der rostige Schlüssel unter der Schublade wo Thomas ihn zurückgelassen hatte. Er nahm ihn an sich und diesmal beschloss er ihn bei sich zu tragen. Das eiserne Gebilde kam ihm vor wie ein Totem, der ihn vor dem Wahnsinn bewahren konnte. Denn wenn es den Schlüssel gab, gab es auch die Tür und den Keller.

„Bestimmt habe ich Papier und Band dort gefunden", murmelte er.

Thomas' Blick blieb beim Aufstehen an der Maschine hängen, an deren Unterseite etwas zu Funkeln schien. Vorsichtig kippte er den schweren Apparat nach hinten und bekam eine kleine, kupferne Plakette zusehen.

Obwohl er die Maschine gewissenhaft gereinigt hatte, sah er das Schild zum ersten Mal. Die Plakette war stumpf und staubig und als Thomas mit dem Daumen darüberwischte, konnte er sehen das etwas hineingraviert wurde.

„T.V.I.", las er laut vor und stellte die Maschine wieder ab. Er sank auf den Stuhl nieder und wiederholte es mehrmals.

„Schon wieder. Was zum Geier soll das sein?", fragte er sich.

Die Tatsache, dass er das Kürzel auf der Maschine und einem Holzkreuz gefunden hatte beunruhigte ihn. Er war sich aber nun auch sicher, dass sein Erlebnis im Wald kein Traum gewesen war und beschloss noch einmal dort nachzusehen, zumindest das Kreuz könnte er holen und Avian zeigen. Zunächst aber musste Thomas in den Keller, bestimmt würde dort auch irgendwo eine Schaufel oder ähnliches sein und er wollte ohnehin dort nach Papier sehen. Im Keller, so schien es, würden die Antworten liegen.

Zielstrebig trat Thomas vor die Hütte und ging um sie herum. Zum ersten Mal kam ihm der Weg merkwürdig vor. Es schien ihm als wäre die Hütte innen deutlich größer als man von außen vermuten würde. Mit wenigen Schritten war er von der Veranda zur Rückseite geilt. In ihrem Inneren verbargen sich aber bei aller Bescheidenheit die große Treppe, das Wohnzimmer nebst dem riesigen Ofen sowie Küche und zwei Zimmer. Der Gedanke riss ab als er vor der Bodenluke stand.

Die Tür war wieder unter Laub verdeckt und Thomas kam es so vor als würde ihre Position sich jedes Mal ein wenig verändern. Nicht viel, ein paar Meter vielleicht aber dadurch würde sie so schwer zu finden sein. Denn jetzt kam sie ihm merkwürdig nah am Brunnen vor. Zu Beginn war sie doch noch nahe an der Hütte gewesen war er sich sicher.

Als Thomas den Schlüssel in das Schloss steckte sah er das es zwar etwas rostig war, ansonsten aber völlig unversehrt. Er hatte doch aber mit der Axt darauf eingeschlagen und hatte es da nicht deutliche Spuren davongetragen? Thomas fuhr staunend mit der Hand über die Hölzernen Planken der Tür. Auch sie hatten keinerlei Beschädigungen, abgesehen von der Witterung zugefügten, obwohl auch sie Kerben aufweisen müssten. Das Schloss öffnete sich wieder kinderleicht und der schwere Eisenriegel klappte nach hinten. Unter der Falltür erwarteten ihn das gleiche gähnende schwarze Loch und die endlos scheinende Treppe wie beim letzten Mal.

Die Sonnenstrahlen vermochten kaum gegen den finsteren Abgrund anzukommen und bereits nach wenigen Stufen umhüllte ihn komplette Finsternis.

Auf der Suche nach Antworten stieg er in das düstere Gewölbe hinab, tauchte ein wie in seinen eigenen Verstand. Ihm durfte in den verwinkelten Ecken nichts entgehen.

Diesmal war er vorbereitet, alles was in der Hütte halbwegs nach einer Lampe ausgesehen hatte, hatte er mitgenommen und so war die Lichtausbeute tatsächlich um ein Vielfaches besser als beim ersten Mal. Einige der Lampen stellte er auf die Kisten und Fässer und so hatte er rasch den ganzen Keller ausgeleuchtet.

Dem Hochgefühl folgte jedoch bald Ernüchterung. Wie schon bei seinem ersten Besuch schien der Keller nur leere Gefäße zu beherbergen. Mit dem Licht allerdings konnte er auch sehen das es weit mehr und weit größere Spinnenweben waren als er gedacht hatte. Es sah aus wie das Gewölbe eines hunderte Jahre alten Schlosses, in das ebenso lange niemand mehr einen Fuß gesetzte hatte. Selbst von seinem ersten Besuch war keine Spur zu sehen, weder auf der Treppe noch dort wo die Maschine gestanden hatte fanden sich Abdrücke. An den Wänden aus grob behauenem Stein hingen neben den schon bekannten Petroleumlampen gar die ein oder andere Fackeln, und so wie es aussah waren sie keine Dekoration. Die Staubschichten in den Regalen waren mehrere Millimeter dick und beim Vorbeilaufen wirbelte er etwas davon auf.

Nirgendwo fanden sich Anzeichen auf eine Schaufel oder andere Werkzeuge und schon gar nicht auf schneeweißes Papier. Thomas ging lange in dem Keller umher, verzweifelt hatte er gehofft hier unten etwas zu finden und umso größer war nun seine Enttäuschung. In einer der hintersten Ecken fiel ihm letztendlich doch etwas auf.

Obwohl weit von der Treppe entfernt, bewegten sich die Spinnweben hier an der Decke stärker als im Rest des Gewölbes. Es wäre ihm sicher nicht aufgefallen, wenn er nicht so viele Lampen mit hier heruntergebracht hätte. Den Grund dafür herauszufinden erwies sich als schwierig, denn mit der Hand konnte er kaum etwas wie einen Luftzug spüren geschweige denn erkennen von wo er kommen würde.

Er taste die Wand ab in derer er eine Art Loch vermutete. Aber erst nachdem er den Staub in der Luft tanzen sah, den er aufwirbelt hatte, konnte er sehen das einige der Steine an der Wand nicht in Mörtel gesetzten waren.

Thomas ging einen Schritt zurück und überlegte einen Moment, bevor er sich schließlich mit seinem ganzen Körpergewicht gegen die Wand warf. Und noch einmal. Und noch einmal. Aber die Wand war weit stabiler als ihre trockene

Bauweise vermuten ließ und das einzige das
nachgab war seine Schulter. Auch beherzte Trit-
te brachten keinen Erfolg und so sah sich
Thomas, auch mangels Werkzeugs, gezwungen
unverrichteter Dinge den Keller wieder zu verlassen. Vielleicht war hinter der Wand auch nur
etwas Erde abgesackt und so ein unbedeutender
Hohlraum entstanden dachte er sich.

Beim Verschließen der Kellertür wurde ihm
das Ausmaß seiner Schulterverletzung bewusst,
als ihm die schwere Tür aus halber Höhe aus
den Händen glitt und mit lautem Knall auf-
schlug.

Trotz der Schmerzen beschloss er jetzt noch
einmal nach der Stelle im Wald zu suchen, zu
der ihn die Seiten geführt hatten. Schaufel hin
oder her, immerhin war das Wetter gut und der
strahlende Sonnenschein lies eine gute Sicht im
Wald vermuten. Jedoch jedes Mal, wenn er einen Fuß in das Unterholz setzen wollte, zögerte
er und zog schließlich zurück.

Der Blick in den Wald hinein erfüllte ihn mit
Unbehagen und Angst. Die Sonne durchbrach
kaum die dichten Baumkronen und so wie der

Keller war auch der Wald trotz des helllichten Tages bereits nach wenigen Metern finster und bedrohlich. Seine Lampen brachten hier überhaupt nichts, wieder fürchtete er sich zu verlaufen.

Die Hütte hinter ihm dagegen aalte sich in der hellen Sonne und der rauchende Kamin versprach Gemütlichkeit und Geborgenheit. Enttäuscht von seiner eignen Feigheit ging er zurück in die sichere Herberge.

Ruhelos und nervös saß er auf dem Sessel und sah dem nachgelegen Holz dabei zu wie es sich entzündete.

Der akkurate Stapel des Manuskriptes neben der Maschine erinnerte ihn daran, wie er im Keller erfolglos eine Antwort auf die Frage nach dem weißen Papier gesucht hatte und wie er ebenso erfolglos der Spur aus Seiten nachgehen wollte. Nichts hatte er heute erreicht, Maschine und Manuskript zeigten sich eher als Beweise seines geschundenen Verstandes denn als Belege für einen gesunden Geist.

Lange hielt er es nicht aus, er sprang wieder aus dem Sessel und stürmte zur Tür hinaus. Es hatten sich bereits dunkle Wolken vor die Sonne geschoben und kündigten einen Wetterumschwung an. Er griff zur Axt und ging mit wütenden Schritten zur Falltür. Thomas riss den Deckel nach oben und zeitgleich mit dem Blick in die unheilvolle Tiefe kam starker Wind auf.

Kaum hatte er die Treppe betreten schlug der Wind die schwere Falltür hinter ihm zu, nach einem flüchtigen Blick zurück ging Thomas die Stufen erst recht hinunter.

Im Keller ging er zielstrebig auf die Ecke der Mauer zu und begann sogleich mit der Axt auf die Steine einzuschlagen. Das Hiebwerkzeug war sicher kaum dafür geeignet eine Wand einzubrechen, daher und weil seine Schulter einen festen Griff erschwerte, sprang sie nach jedem Hieb funkenschlagend von der Wand. Fast hätte er sie sich in sein eigenes Bein getrieben aber ohne den Schockmoment wirken zu lassen schlug er weiter auf die Wand ein.

Anders als bei dem Versuch die Falltür zu öffnen würde er jetzt nicht aufgeben. Anders als beim Versuch die Stelle im Wald zu finden würde er keine Angst zeigen vor dem was er finden würde. Thomas hörte wie draußen starker Wind tobte und die Treppe herab heulte.

Erst unzählige Schläge später brach einer der Steine aus der Wand und Thomas wagte einen Blick durch das entstandene Loch. Der Lichtstrahl der Lampe gab den Blick auf etwas frei, das ihn zusammenfahren ließ.

Ein unscharfes Gesicht blickte in seine Taschenlampe und Thomas schreckte zurück. Erst beim vorsichtigen zweiten Blick stellte sich das regungslose Antlitz als Bild oder Fotografie heraus.

Derweil riss der Wind immer wütender an der Falltür und Thomas konnte hören, wie der Eisenriegel und das Schloss erbitterten Widerstand leisteten. Durch die Entdeckung motiviert, führte er seine wütenden Schläge fort und trotz Erschöpfung und dem Stechen in der Schulter ließ er nicht von der Wand ab, bis er ein Mannsgroßes Loch hineingeschlagen hatte. Begleitet vom Donnergrollen des Unwetters krachte die Mauer schließlich in sich und Thomas auf dem Haufen Steine zusammen. Schwer atmend leuchtete er mit seiner Lampe in die staubverhangene Luft.

Der Raum hinter der Wand war kleiner als vermutet, lediglich ein großer alter Schrank und einige Kisten wurden dort eingemauert. Hinter einer der staubigen Glastüren des Schranks hing das Gesicht, welches er zuvor durch das Loch gesehen hatte, als Teil eines Fotos.

Thomas klopfte sich den Staub von den Kleidern und öffnete vorsichtig das Türchen des Schranks.

Er nahm das Foto heraus und betrachtete es im Licht der Lampe. Die Aufnahme war unscharf und verblichen. Sie zeigte einen heiter lächelnden alten Mann mit weißem Schnauzbart. Eine Seite des Schwarzweißen Fotos war rau und ungerade, es musste einmal größer gewesen sein.

Auf der Rückseite fand Thomas eine Widmung: „Für meinen...", der Rest stand vermutlich auf dem abgerissenen, fehlenden Teil.

Wohl auch der Name des Mannes, denn mehr als „Dein Tom Vi..." war nicht zu lesen.

Thomas steckte das Foto eilig in seine Tasche und begann den gammeligen Schrank zu untersuchen. Jede Bewegung wirbelte den Staub von Jahrzehnten auf und ein muffiger Geruch stieg ihm in die Nase. Das wuchtige Möbel wirkte als sei es einmal oben in der Hütte gestanden, dachte sich Thomas. Holzart und der Stil passten zum Rest der Einrichtung. Insbesondere zum Schreibtisch. Ein so edler Schrank würde auch sicher nicht für einen Keller angefertigt werden. Aber wer sollte das schwere Trumm die schmale Treppe hinunter gewuchtet, durch den halben Keller gezerrt und dann hier eingemauert haben? Und vor allem warum?

Tatsächlich fanden sich Papier und Farbbänder für die Maschine, aber diese lagen schon so lange das sie unbrauchbar geworden waren. Das Papier war gelblich verblichen und porös, die Dosen der Farbbänder so rostig das man meinen konnte sie wären aus Holz.

Weiter fand er einige modrige Schachteln, dem flüchtigen Blick unter die angehobenen Deckel nach waren sie allesamt mit beschriebenen Seiten gefüllt. Ob diese noch zu lesen waren durfte aber bezweifelt werden. Zu einem Großteil war der Schrank mit solchen Kartons gefüllt, weiter schien nichts darin zu sein. Thomas beschloss einige von den Schachteln mit nach oben zu nehmen und verließ den Keller. Hinter der schweren Falltür konnte er weiter den zornigen

Wind hören, das prasseln verriet darüber hinaus Regen.

Thomas hatte Schwierigkeiten die Luke zu entriegeln. Er rüttelte an dem Eisenstab, der es ihm eigentlich ermöglichen sollte, den Riegel außen aus dem Schloss zu hebeln. Unter den Armen die Schachteln geklemmt, gelang es ihm allerdings nicht und ein beklemmendes Gefühl machte sich breit, dass kurz davor war in Panik zu kippen. Er stemmte sich mit dem Rücken gegen die Luke und spürte wieder seine Schulter. Für einen kurzen Moment dachte er der Riegel außen wäre womöglich endgültig ins Schloss gefallen. Oder hatte ihn jemand hier eingesperrt?

Kaum den Gedanken zu Ende gedacht riss es die Luke auf und Thomas fiel mit ihr ins Freie. Das Wetter draußen hieß ihn brutal willkommen, unablässig heulend und unerbittlich zeigte sich der Sturm von seiner wütenden Seite. Der Regen kam nahezu waagerecht und so heftig das er befürchtete auf der Stelle zu ersaufen. Thomas bekam es so dermaßen mit der Angst zu tun, als wäre der Leibhaftige persönlich hinter ihm her.

Brüllende Winde versuchten ihn zu Boden zu pressen und schneidende Böen rissen an seinem Gesicht, während er die Schachteln mit den Schriftstücken fest an sich drücke und sich um die Hütte kämpfte. Jetzt kam ihm der Weg keinesfalls kurz vor.

Thomas verlor den Boden unter den Füßen, eine Böe hob ihn an und kurz darauf schleuderte er auf den durchweichten Grund. Durch die Wucht des Aufpralls verlor er beinahe die Kartons. Gerade als der Wind diese zu packen versuchte griff er beherzt zu, entriss sie ihm und klammerte sich fest daran. Das Heulen wurde lauter und die Böen wütender, konnten aber nichts mehr ausrichten. In letzter Not warf er sich gegen die Tür und in die behagliche Stube hinein. Einige Male schien es als versuchte der Sturm ihn noch durch die geöffnete Tür hindurch zu packen. Thomas beendete dies mit einem wuchtigen Tritt gegen die schlingernde Tür, die mit einem lauten Schlag ins Schloss fiel. Kurz darauf verstummte das wilde Getöse.

Nach Atmen ringend und durchnässt lag Thomas auf dem Boden. Wie eine Bestie im Rausch hatte der Sturm ihn attackiert und erst jetzt, da die Beute sicher in ihren Unterschlupf geflüchtet war, ließ er von ihr ab und beruhigte sich.

Eine unglaublich intensive Erfahrung und für Thomas gleichermaßen verstörend wie beängstigend. Konnte es ein Sturm tatsächlich nur auf ihn abgesehen haben? Thomas rang weiter nach Luft während er eine Erklärung suchte. Warum war es plötzlich vorbei mit dem Sturm als er in der Hütte war? Die Ruhe war ihm bald unheimlicher als der Sturm selbst und so war er regelrecht beruhigt, als er das krachen der Bäume und das ächzen der Hüttenbalken vernahm. Der Sturm tobte scheinbar weiter, zwar weniger stark aber er schien noch da.

Obwohl er längst wieder normal atmen konnte und sich seine Aufregung gelegt hatte, blieb er noch eine Weile regungslos auf dem Boden liegen.

Während er dem Unwesen und den Klängen draußen lauschte fiel sein Blick auf die nassen, schlammverschmierten Kartons.

Thomas wunderte sich das nichts von dem Inhalt herausgefallen war. Er drehte sich um, blieb auf den Knien und rutschte zu den Schachteln um sich zu vergewissern das den Seiten nichts passiert war. Tatsächlich waren die Papiere in tadellosen Zustand. Nicht nur in Anbetracht der Tatsache, dass er sie durch einen Sturm geschleppt hatte und heruntergefallen waren, sondern auch dass sie eigentlich schon alt sein mussten. Er konnte seinen Augen kaum glauben als er das Bündel blütenweißer Zettel aus den dreckigen Schachteln hob.

Im Keller wirkten die Seiten noch als wären sie vergilbt und kaum lesbar. Jetzt sahen sie aus als hätte man sie eben erst zu Ende geschrieben, nicht einmal verknittert waren sie. Er begann in dem Stapel zu blättern ohne die Worte zu beachten und sah, dass sich der tadellose Zustand über jede einzelne Seite erstreckte.

Das Heulen des Windes wurde wieder stärker und die hölzernen Läden vor den Fenstern begannen zu klappern.

Thomas stand auf und schloss den Schlüssel der Vordertür so oft herum wie es ihm möglich war. Sorgfältig packte er alle Papiere zurück in die Kartons und verschloss die Deckel gewissenhaft. Die Bestie war also immer noch da draußen und schlich um die Hütte.

***

Thomas wusste die Uhrzeit nicht und es war ihm auch egal. Er war erschöpft und das Unwetter hatte den Tag schon seit der Mittagszeit in deprimierende Düsternis getaucht.

Obwohl er sehr müde war, war er sich nicht sicher ob er überhaupt schlafen wollte. Der Gedanke an die Funde im Keller raubte ihm ohnehin jede Chance auf Schlaf.

Vor dem Spiegel stehend hielt er das Foto vor sich und starrte in die unscharfen, schwarzweißen Augen des alten Mannes. Thomas fand es merkwürdig das sich außer den Kartons mit den Manuskripten nichts in dem Schrank befunden hatte, mit Ausnahme dieser Fotografie.

Sie war obendrein bedeutend schlechter gealtert wie die Seiten, weil es aber vermutlich zur gleichen Zeit in dem Schrank abgelegt wurde warf das weitere Fragen auf.

„Wer bist du?", fragte Thomas das verblichene Bild so eindringlich als erwarte er tatsächlich eine Antwort.

Er füllte beide Hände mit kaltem Wasser und schlug sie sich ins Gesicht während er sich die Frage im Geiste erneut stellte. Unklar ob er sein Konterfei oder das Foto damit meinte. Sein Blick fiel im Spiegel an seinem nassen und gezeichneten Gesicht vorbei, hinaus in das Wohnzimmer und auf die Schreibmaschine. Obwohl sich in der Hütte keinerlei Lichtquelle befand schien sie hell erleuchtet und deutlich abgezeichnet von der dunklen Umgebung. Thomas schnellte herum doch jetzt war die Maschine ebenso dunkel wie der Rest der Einrichtung.

„T.V.I.", rief er und griff eilig nach dem Foto.

„Dein Tom Vi…" zitierte er und es traf ihn dabei wie ein Blitz.

Er stürmte aus dem Badezimmer und die hölzerne Treppe hinauf, unter dem Bett zog er seine grell-grüne Tasche hervor. Das hastig gepackte Gepäck beinhaltete neben Kleidung einige wahllose Dinge, die Avian für ihn gepackt hatte. Aber es musste auch etwas ganz Bestimmtes darunter sein. Er musste es einfach eingepackt haben. Thomas' Suche blieb zunächst ohne Erflog, außer das Avian tatsächlich seine geliebte aber uralte Strickjacke eingepackt hatte, und so schüttete er den Inhalt auf den Boden. Unter den wirklich unsinnigen Dingen, die so nur ein Mann packen konnte, war tatsächlich das gesuchte Objekt. Ein altes Taschenbuch, stark abgegriffen von den unzähligen Lesungen.

Es war ein Buch aus Thomas' Kindheit und der eigentliche Grund, warum er zum Schreiben gekommen ist. Er hatte es von seinem Großvater bekommen und schon damals war es ein altes Buch gewesen. Thomas wusste das Avian es eingepackt haben musste, den über dieses Buch lernten sich die beiden kennen. Avian wusste um den emotionalen Wert für Thomas. Da der Aufenthalt in der Hütte als Therapie gedacht war, war es nur logisch das Avian es mitgenommen hatte.

Thomas hatte es schon seit Jahren nicht mehr gelesen und doch, als er es wieder in den Händen hielt und er den weichen Griff der alten verknitterten Seiten spürte, fühlte es sich sofort vertraut an. Die Geschichte an sich, eine kurzweilige Erzählung über einen kleinen Jungen der mit seinem Hund davonläuft und einige Abenteuer erlebt, war nicht der Grund für

Thomas' Nervosität.

Der Autor war es, an dessen Namen er sich nicht mehr genau erinnerte, aber der sich doch mit einem Mal in sein Gedächtnis zurückdrängte. Fiebrig suchte er nach dem Namen auf dem Einband und fürchtete dabei seine Ahnung könnte zur Realität werden.

„Tom Vincent Ideroff" stand schließlich auf der Rückseite des, vor allem in der Dunkelheit des unbeleuchteten Zimmers, kaum noch lesbaren Einbandes.

Thomas setzte sich auf die Bettkante und lies das Buch fallen. Stand auf den verbrannten Papierfetzen, die er am ersten Tag im Ofen gefunden hatte, nicht auch Ideroff?

Grübelnd legte sich Thomas auf den Rücken, zum ersten Mal interessierte er sich nicht für eine Lampe oder das Mondlicht.

Kapitel Acht

War etwa Tom Vincent Ideroff, der unbesungene Held seiner Kindheit und Autor von unzähligen Kinderbüchern, der mysteriöse „T.V.I.", der ein hölzernes Grab im Wald und eine Schreibmaschine im Keller zurückgelassen hatte?

Thomas versuchte diese erste scheinbar eindeutige Verknüpfung zwischen den beiden zu verdrängen, was den Gedanken an Schlaf vollends ad absurdum führte. Er tastete im Halbdunkel des Raums nach dem Buch, das er irgendwo neben dem Bett hatte fallen gelassen.

Irgendwann in der Nacht hatte der Sturm nachgelassen, Thomas hatte es nicht einmal bemerkt, und gab wieder den wundervollen Blick über das nebelverhangene Tal frei. Erneut thronte ein ungewöhnlich großer Mond über allem und brach durch die zerfetzten Wolkenfragmente.

Doch Thomas genoss den Ausblick nicht wie sonst. Fieberhaft nutzte er den zarten Mondschein und las die Geschichte des kleinen Jungen und seines Hundes. Obwohl er es schon dutzende Male gelesen hatte, erhoffte er auch nach all den Jahren neue Schlüsse aus dem Buch und schließlich auch aus Tom Vincent Ideroff zu ziehen.

Tom Vincent Ideroff, so kehrten Thomas' Erinnerungen zurück, war ein Autor der sich stets mit vollem Namen wiedergab. Nur Initialen zu verwenden wäre für ihn völlig untypisch und in seinem Zusammenhang hatte auch nie irgendjemand von „T.V.I." gesprochen.

Niemand wusste so wirklich wie Tom Vincent Ideroff überhaupt aussah, aus den Medien hielt er sich stets zurück und seine Bücher ließen jeher ein Bild von ihm vermissen. Vielleicht war er nicht einmal Amerikaner.

Zu alledem kam hinzu, dass Tom Vincent Ideroff bereits ein alter Mann gewesen sein musste, als Thomas im Kindesalter dessen Bücher las. Lange vor dem Zeitalter des Internets, der Kamerahandys und der Sozialen Medien konnte man sein Konterfei und Privatleben wohl noch recht einfach vor der Öffentlichkeit verbergen. Ideroffs Scheidung wäre wohl kaum zu einer öffentlichen Schlammschlacht verkommen, dachte Thomas. Wenn er denn überhaupt verheiratet war.

Viele glaubten sogar, Tom Vincent Ideroff wäre gar keine einzelne oder reale Person, sondern eine Gruppe von Autoren die unter jenem Pseudonym veröffentlichten. Von dem einen auf den anderen Tag hörte man dann nichts mehr von ihm. Theorien überstürzten sich, Tom Vincent Ideroff wäre das Alter-Ego eines anderen Autors gewesen der zu dieser Zeit einem tödlichen Unfall erlag. Oder er habe schlicht, möglicherweise Altersbedingt, das schreiben aufgegeben.

Je länger Thomas in dem Buch las das er schon in und auswendig kannte, umso weiter drifteten seine Gedanken ab.

Tom Vincent Ideroff, sogar wenn Thomas an ihn dachte, dachte er den ganzen Namen, war wohl längst tot. Wenn er überhaupt je gelebt hatte.

Wie können sich die Wege eines längst verstorbenen, geheimnisvollen Schriftstellers, den niemand je zu Gesicht bekommen hatte aber der maßgeblich zu Thomas' Berufswahl, und somit zu seinem Leben, beigetragen hatte sowie sein eigener, der nur über Irrwege in diese Hütte gelangt war, überhaupt hier kreuzen? Thomas zweifelte. Bestimmt würde er nur kombinieren was er kombinieren wollte. Apophänie nannte man das, erinnerte er sich. Wie groß sollte eine reelle Chance darauf auch schon sein?

Die Fragen quälten ihn und er riss die Decke zur Seite. Dieses alte Buch hielt keinerlei neue Erkenntnisse für ihn bereit, aber er wusste wo er welche finden konnte.

***

Vor ihm die Kartons aus dem Keller, hinter ihm der gewaltige Ofen der Wärme spendete.

Thomas saß am Schreibtisch und öffnete vorsichtig die erste Schachtel und hob eines der unwirklich weißen Bündel heraus. Sofort fiel ihm etwas auf, noch bevor er den ersten Satz gelesen hatte. Alle Seiten waren mit dem Kürzel „T.V.I." gekennzeichnet, jedoch nicht unterschieben. Nirgendwo ein Name.

„Niemals nur Initialen", murmelte Thomas und begann die erste Seite zu lesen.

Mit jeder Zeile kamen ihm weitere Zweifel daran, ob Tom Vincent Ideroff „T.V.I." sei. Alle Manuskripte erzählten grausige und düstere

Geschichten, Geschichten von Mord und Totschlag und Gott weiß was noch für Grausamkeiten. Tom Vincent Ideroff war jedoch ausschließlich bekannt für seine Kindergeschichten, Abenteuerromane und Tragödien, ohne jede übertrieben explizierte Gewaltvorstellung.

Thomas las die Geschichten mit einer Mischung aus Abscheu und Faszination, aber schlimmer noch war das sie ihm irgendwie vertraut waren. Als hätte er diese Gewalttaten und Grausamkeiten schon einmal gehört, ja fast erlebt. Der Ekel wich und zu der Faszination gesellte sich eine morbide Lust an den geschmacklosen Orgien, die dort jemand verfasst hatte. Oder hatte er lediglich reale Ereignisse niedergeschrieben? So oder so, die Qualität der Texte war außerordentlich, sie mussten von einem begnadeten Schriftsteller stammen. Ratlos ließ er sich zurück in den Sessel fallen und überlegte.

Wenn diese Hütte dem Verlag gehörte, dann musste er wissen ob es sich bei „T.V.I." um Tom Vincent Ideroff handelte oder nicht. Aber falls ja, warum hatte er ihm nicht gesagt das der Held seiner Jugend beim selben Verlag tätig war? Der Berg an quälenden Gedanken der sich in

Thomas' Geist auftürmte, schien immer größer und drückender zu werden.

Thomas hätte sich am liebsten zerrissen, aber anstatt sich eine Pause zu gönnen, las er eine um die andere Seite. Je weiter er über die Worte flog umso sicherer war er sich die Geschichten zu kennen, es waren definitiv keine neuen Erfahrungen für ihn. Aber er kannte die Geschichten nicht aus Büchern oder Filmen. Vielmehr kam es ihm vor als würde er in seinem Jahrbuch blättern und beim Anblick seiner alten Schulfreunde würden ihm die alten Erlebnisse wieder einfallen.

Dieses unbeschreibliche Gefühl war ihm ebenso vertraut, er verspürte eine ähnliche unheimliche Führung beim Schreiben mit der alten Maschine. Als es ihm ebenfalls so vorkam er müsse sich nur an Geschichten erinnern.

Thomas' Blick wurde glasig, immer wieder fielen ihm die Augen zu und er übersprang ganze Sätze. Trotzdem wusste er genau was auf den die blütenweißen Seiten beinhalteten. Als er über den Schriften zusammenzubrechen drohte, konnte er bereits nicht mehr unterscheiden ob er die Geschichten las, sie schrieb oder erlebte.

Erst sein heißer Rücken riss ihn aus seiner Trance, schreiend sprang er aus dem Sessel und blickte zum Ofen. Obwohl Thomas seit Stunden kein Holz nachgelegt hatte, hatte dieser eine solche Hitze entfacht das es vor ihm nicht mehr auszuhalten war. Durch die schmalen Schlitze der rotglühenden, gusseisernen Tür züngelten und fauchten die Flammen.

Sein Rücken schmerzte so intensiv, dass Thomas sein Hemd auszog um es nach Anzeichen eines Brandes zu kontrollieren. Als er es aber in seinen Händen heilt zweifelte er an seinem Verstand. Mehrmals tastete er es ab aber zu seiner Verwirrung war es nicht nur unversehrt, sondern auch vollkommen kalt.

Verwirrt fiel sein Blick erneut auf den Ofen. Wie es nach seinem vernachlässigten nachlegen von Feuerholz nur logisch sein konnte, war dieser beinahe erloschen und kalt. Thomas' zweifelnde Blicke haschten hektisch durch den Raum. Jetzt waren auch die Schmerzen am Rücken verschwunden und er spürte die Kälte, die sich im Raum ausgebreitet hatte.

Die Müdigkeit holte ihn trotz des Schocks

rasch wieder ein und legte sich wie ein bleierner Schleier über ihn. Wenngleich die einsetzende Dämmerung den neuen Tag bereits ankündigte, beschloss er zu Bett zu gehen.

Die aufgehende Sonne strahlte wie beinahe jeden Morgen über das Tal und Thomas beschloss sich daran erinnern zu wollen, sollte sie heute Abend auch dort wieder untergehen.

Seine letzte Aufmerksamkeit galt dem abgerissenen, alten Foto das den alten Mann zeigte.

***

Klack-Klack-Klick-Klack. Das Geräusch glaubte Thomas zunächst nur im nebulösen Zustand zwischen Schlafen und Aufwachen zu hören, das es Fragmente eines Traums seien. Nach kurzem Nachdenken stellte er aber zu seiner Verwunderung fest überhaupt nichts geträumt zu haben.

Als er seine Augen öffnete und sich konzentrierte, drangen die Töne ganz eindeutig wieder vom Wohnzimmer der Hütte nach oben ins Schlafzimmer. Obwohl die Tür geschlossen war konnte er es ganz deutlich hören.

„Was zum Teufel ist das?", fragte Thomas sich und stützte sich auf die Ellenbogen.

Das herrliche Licht des Tages traf ihn so direkt im Gesicht und erinnerte ihn daran, dass er erst im Morgengrauen zu Bett gegangen war. Es konnte schon gut nach Mittag sein, seit seiner Ankunft hier oben hatte er jegliches Zeitgefühl verloren. Der Stand der Sonne war durch das Fenster bereits nicht mehr auszumachen. Die Geräusche hallten indes weiter ohne Unterlass durch die Hütte.

„Was in aller Welt ist da unten los?"

Thomas griff nach der abgetragenen Jacke, die über einem Pfosten neben dem Bett hing. Nicht weil es ihn frösteln würde, sie sollte nur die Behaglichkeit unterstreichen. Noch beim Überziehen der leichten Strickjacke fiel ihm ein das es nur Avian sein konnte. So interessiert wie dieser um die Schreibmaschine geschlichen war, saß er bestimmt am Schreibtisch und hämmerte auf den Tasten herum. Und der Frequenz der Anschläge nach nur des Klangbildes wegen.

„Avian, entschuldige das ich noch im Bett liege aber die…", Thomas' Sprache verschlug sich augenblicklich.

Von der obersten Stufe aus konnte Thomas sehen das niemand in der Hütte war. Die Schreibmaschine stand unberührt auf dem Schreibtisch, umringt von den Seiten des Manuskriptes das er in der Nacht so fieberhaft gelesen hatte. Das Klackern der Tasten war verstummt. Langsam ging er die Treppe hinunter und mit jeder Stufe bemerkte er, dass es in der Hütte angenehm warm war.

Tatsächlich, unten angekommen staunte Thomas nicht schlecht, denn im Ofen loderte bereits ein Feuer. Er war sich jedoch sicher, am Morgen aufgrund seiner Müdigkeit, den Ofen nicht wieder entfacht zu haben. Oder doch?

In der Maschine steckte kein Bogen Papier und um sie herum lag nur das Manuskript von „T.V.I." sowie sein eigenes. Wer also auch immer den Ofen angezündet und auf den Tasten der Schreibmaschine herumgeklimpert hatte, er hatte nichts zu Papier gebracht. War Avian etwa draußen Holz holen?

Thomas lief schnurstracks zur Tür der Hütte. Dass er sie entriegeln musste stand seiner Theorie ebenso im Wege wie ein fehlendes Fahrzeug auf der kleinen Lichtung vor der Veranda.

„Avian? Hallo?", rief er ohne eine Antwort zu erhalten.

Verwirrt schloss Thomas die Tür wieder und ging zurück zum Schreibtisch. Die Geräusche der Maschine hatte er sich wohl eingebildet und den Ofen wohl doch selbst mit Feuerholz bestückt, bevor er nach oben ins Bett gegangen war. Zweifelnd ließ er sich in dem Sessel am Schreibtisch nieder und kaute auf den Enden der zerfransten Kordeln, die am Kragen seiner Strickjacke baumelten.

Thomas begann zu hinterfragen was Real war und was nicht. Träumte er etwa noch? So wie im Badezimmer, als er glaube bei lebendigem Leib gekocht zu werden? Die Gedanken stockten als er die Tasten der Maschine betrachtete. Ungläubig beugte sich Thomas nach vorne und streckte die Hand nach ihr aus. Er strich über die abgenutzten Messingknöpfe und rieb seine Finger aneinander.

Die Tasten waren feucht, schmierig. Schweißnass könnte man sagen. Seine Fingerspitzen glitzerten, bedeckt von einem zarten, hellroten Film.

„Unmöglich", murmelte Thomas.

In der letzten Nacht hatte Thomas nicht geschrieben, glaubte er jedenfalls, und selbst wenn, die Tasten müssten längst wieder abgetrocknet sein. Schon gar nicht hatte er sich die Finger wundgetippt. Ja, er hatte geschrieben, daran konnte er sich durch den Nebel hindurch erinnern, sogar an seine pochenden Finger. Aber das war schon ein, vielleicht zwei Tage her. Oder nicht? Sein Manuskript lag neben der Maschine, schien höhnisch seine Verwirrung zu untermauern. Thomas biss die Zähne zusammen und ballte die Fäuste.

Schließlich packte er den Stapel mit beiden Händen und steckte ihn wütend in die Schublade des Schreibtisches. Das Manuskript aus dem Karton stopfte er zurück in eben diesen und beförderte ihn mit einem Tritt in eine entlegene Ecke des Raumes. Mit dem Ärmel wischte er über die Tasten der Schreibmaschine, so kräftig und energisch als würde er die Spuren an einem Tatort verwischen wollen. Länger als Notwendig wischte und wienerte er an der Maschine herum und als er dabei wieder seinen Atem sehen konnte und Gänsehaut verspürte, drehte er sich zum Ofen um.

Das Feuer war wieder ausgegangen. Möglicherweise hatte es heute auch noch nie gebrannt. Thomas fröstelte trotz seiner Jacke und sah ratlos in das dunkle Loch des Ofens. Bevor er weiter an seinem Verstand zweifeln konnte hupte es zweimal kurz. Draußen war ein Wagen vorgefahren.

Thomas stürzte zur Tür und riss sie auf. Draußen stand der bekannte schwarze Geländewagen und Avian kramte bereits ein paar Sachen aus dem gewaltigen Kofferraum.

„Avian!", freute sich Thomas erleichtert.

„Da hat aber jemand gute Laune", strahlte ein grinsender Avian zurück.

„Hallo Thomas. Komm, hilf mir mal hierbei", Avian deutete dabei in den Kofferraum.

„Was ist das alles?", fragte Thomas während er in seinen Pantoffeln vor die Veranda trat.

Die Luft war frisch, viel frischer als es der kräftige Sonnenschein vermuten ließ und Thomas schlug seine Strickjacke vor sich zusammen.

„Verflucht, wie siehst du denn aus?", fragte Avian als Thomas neben ihm stand.

„Wie soll ich schon aussehen?", erwiderte Thomas verdutzt.

Er ahnte aber worauf Avian hinauswollte. Noch bevor Avian seinen musternden Blicken Worte folgen lassen konnte, ergriff Thomas das Wort.

„Ah, die Klamotten. Naja das ist halt meine Lieblingsjacke, nochmal danke dafür und…"

„Scheiß auf die Klamotten. Du siehst aus wie Yetis Großvater verflucht noch eins!", unterbrach Avian.

„Ich, ähm. Nein, eigentlich nicht. Glaub ich." stammelte Thomas verdutzt.

„Ich hoffe deine mangelnde Körperhygiene resultiert daraus, dass du die ganze Zeit an der Maschine sitzt", brummelte Avian und deutete Thomas ins Gesicht.

Thomas fasste sich ans Kinn, der üppige Rauschebart war wieder zu spüren.

„Was…, Ich. Was zum. Ich bin mir sicher das…", stammelte Thomas irritiert.

Er hatte den Bart doch abrasiert. Er konnte sich an sein makelloses Gesicht im Spiegel erinnern. Außerdem hatte er den Bart in letzter Zeit auch nicht gespürt. Kann man einen Bart überhaupt spüren? Oder war er nie weg gewesen?

„Dein Skript ist aber der Wahnsinn, Thomas.

Es hat uns sehr gut gefallen!", fuhr Avian fort, dessen Laune binnen Sekundenbruchteilen gekippt war. Der Umschwung brachte Thomas von der Grübelei über seinem Bart ab.

„Gut das du es erwähnst, ich glaube ich muss da nochmal etwas kontrollieren Avian", sagte Thomas.

„Was meinst du?", fragte Avian.

„In den Zeitungen die du mir gebracht hast. Die Artikel darin. Der Mord. Ich, ich… Avian, ich muss das Skript noch einmal sehen", stammelte Thomas und zupfte verlegen an seiner Strickjacke.

„Apropos Zeitungen! Hier!", unterbrach Avian und hielt Thomas ein Bündel frischer Zeitungen hin. „Frisches Material."

Avian schnappte sich einen Karton aus dem Kofferraum und ging an Thomas vorbei Richtung Hütte. Thomas folgte ihm,

„Kann ich das Skript nochmal sehen? Ich muss etwas kontrollieren?", fragte Thomas nachdem beide ihre Päckchen in der Küchenecke abgestellt hatten.

„Ich sehe so viele Vorräte verbrauchst du ja gar nicht Thomas. Isst du auch genug?", sorgte sich Avian beim Anblick der vollen Regale.

„Das Skript, Avian…", hakte Thomas nach.

Avians Grinsen war verschwunden, mit deutlich finsterer Miene versuchte er die neuen Konserven in den vollen Regalen unterzubringen.

„Das wird nicht möglich sein Thomas, es ist bereits im Lektorat und fertig zu Vorproduktion", erwiderte Avian in knappen Tonfall.

Thomas war mehr als verwundert. Nach den wenigen Tagen schon in der Vorproduktion? In der Regel zog sich so ein Prozess über Wochen, wenn nicht Monate. Avian gab es auf die Dosen zu sortieren und zu stapeln. Wortlos ging er an Thomas vorbei und wieder hinaus zu seinem Wagen.

„Ich verstehe dein Problem nicht. Der Aufenthalt hier in der Hütte tut dir gut, du schreibst wieder", sagte Avian dem gefolgten Thomas, der respektablen Abstand hielt.

„Das ist auch so etwas. Ich befürchte ich verliere hier oben den Verstand. Diese Hütte, ich…", Thomas stammelte wieder, blickte verlegen zu Boden und spielte an den Enden der Kordeln seiner Jacke, die bereits ganz aufgedröselt waren.

„Was meinst du?", fragte Avian.

„Ich weiß es nicht, aber... ich meine dieser Ofen, die blöde Kellertür. Ich glaube ich weiß nicht mehr wann ich Träume oder wann ich wach bin. Und der Bart…"

„Hör zu!", unterbrach Avian ihn und stand plötzlich direkt vor ihm. „Du bist Alkoholiker auf Entzug. Was glaubst du? Sei froh das du nicht in der Stadt bist."

„Warum?"

„In der Stadt ist die Hölle los, ich fürchte das könnte noch zu Unruhen führen. Schau einfach in die Zeitungen, Thomas", riet ihm Avian.

Bei dem Gedanken an die Zeitungen lief es Thomas jedoch kalt den Rücken hinunter.

„Wo ist das Skript?", fragte Avian.

„Welches Skript? Ich verstehe nicht, du hast es doch bereits mitgenommen", erwiderte Thomas verwirrt.

„Das neue, Thomas. Das neue!", forderte Avian und ging voran in die Hütte.

Ohne weiter zu fragen ging Avian an den Schreibtisch und öffnete die Schublade. Er zog das Bündel Papier heraus und sein Grinsen zog wieder auf.

„Das ist noch nicht fertig, hörst du?", rief Thomas ihm zu während er noch in der Tür stand.

„Doch das ist es, Thomas. Das ist es ganz sicher", murmelte Avian zu sich und sein diabolisches Lächeln wurde breiter und breiter.

„Ich weiß das du das hier nicht ganz verstehst, Thomas. Aber ich bitte dich mach weiter. Es läuft perfekt. So gut lief es lange nicht mehr", Avian klopfte seinem Freund aufmunternd auf die Schulter.

„Kennst du Tom Vincent Ideroff?", fragte Thomas gerade heraus.

Avian blieb stehen, das Manuskript unter seinem Arm geklemmt. Langsam drehte er sich zu Thomas um.

„Wer kennt ihn nicht? Eine Legende. Wie kommst du darauf?", erwiderte Avian unerwartet freizügig, ohne dabei zu seinem Freund zu schauen.

„Hat er für dich gearbeitet? Oder für den Verlag?", fragte Thomas vorsichtig.

Avian lachte laut und fast theatralisch lange eher er darauf eine Antwort gab.

„Tom Vincent Ideroff? Verdammt, der Mann

ist vielleicht schon fünfzig Jahre tot. Wenn es ihn überhaupt gegeben hat. Spinnst du völlig?", antwortete Avian.

Thomas ging zur Schreibmaschine und schaute hinüber zu Avian, dessen Miene sich wieder verfinsterte.

„Wer ist dann T.V.I.?", fragte Thomas und hob die Maschine hoch.

Avian sah zu wie Thomas die Unterseite der Maschine nach etwas absuchte, aber offensichtlich nicht das vorfand was er zu finden erhoffte.

„Es, es war doch hier. Die Inschrift! Eine Plakette, wo ist sie?", winselte Thomas.

„Vielleicht der Hersteller?", gab Avian von oben herab an.

„Blödsinn!", schrie Thomas und knallte die Maschine zurück auf den Schreibtisch.

Mit großen Schritten stapfte Thomas in die Ecke zu dem Karton, Avian beobachtete ihn unruhig. Er riss den Deckel runter und seine Augen strahlten als er die Initialen dort wiederfand. Thomas nahm eine Handvoll der Seiten heraus und schleuderte sie Avian entgegen. Ohne eine davon aufzuheben starrte dieser Thomas an. Er schien zu wissen was darauf zu lesen war.

„Wo hast du die her?", fragte Avian streng.

„Aus dem Keller den es nicht gibt", blaffte Thomas zurück.

„Verfasst von T.V.I.", setzte er nach.

„Tom Vincent Ideroff hat nie für mich oder uns gearbeitet!", schrie Avian. „Ich weiß nicht was das ist. Vielleicht uralter Mist aus dem Verlag, vielleicht auch nur verdammtes Scheißpapapier!"

Thomas' Körper zitterte vor Rage. Avian ging einige Schritte auf ihn zu, klammerte das Skript nun fest mit beiden Händen.

„Hör mir zu, Thomas Diem Write. Dein Verstand spielt dir Streiche. Nebenwirkungen des Entzuges. Ich verspreche dir, mit jedem Tag wird es besser!", sagte Avian in beruhigendem Tonfall und seine endlos tiefen Augen durchdrangen Thomas. „Mach weiter!", mahnte Avian, seine Stimme durchdrang Thomas wie ein beruhigender Strom.

Seine Worte waren wie von kaltem Nebel umhüllt, der Thomas' Geist besänftigte und seinen Körper augenblicklich zur Ruhe brachte. Avians stechendem Blick, alles Weiße aus seinen Augen schien einer sehnsüchtigen Leere gewichen,

konnte Thomas sich nicht entziehen, bis jeder
Zorn und jeder Groll entwichen waren und auch
die Zweifel entschwunden waren. Alle Gedanken wichen, alle Erinnerungen verschmolzen zu
einem glücklichen, zeitlosen Moment. Tränen
stiegen Thomas in die Augen als sich Avian
schließlich von ihm abwandte. Wie paralysiert
sah er seinem Freund nach, der ihn in der Ecke
bei dem Karton zurücklies und sich längst ver-
abschiedet hatte. Was er von sich gab, Drang
nicht mehr zu Thomas durch. Avians nachhal-
lende Worte und schließlich das Brummen seines Wagens, der in der Ferne verschwand, ver-
schwammen zu einem trüben, einheitlichen
Klangteppich.

In der Hütte war es angenehm warm und
Thomas kam es so vor, als wäre er aus einer rei-
nigenden Ohnmacht wieder zu sich gekommen.
Das Vogelgezwitscher, das er durch die halb
geöffnete Tür vernehmen konnte passte perfekt
zu seiner heiteren Stimmung. Er war froh das
Avian ihn besucht hatte, war es doch eine will-
kommene Abwechslung zum einsamen Alltag
als Schriftsteller hier in der Hütte. Von überwäl-

tigenden Glücksgefühlen berauscht, schloss
Thomas die schwere Tür und nahm die Zeitungen an sich.

Kapitel Neun

Thomas las zufrieden und konnte sich doch nicht auf das Geschriebene konzentrieren. Er lies die Zeitung auf seinen Schoß niedersinken und blickte auf. Wie oft hatte er sie jetzt schon gelesen? Wie kam er hier in den Sessel? Was war eigentlich passiert?

Nicht fähig einen klaren Gedanken zu fassen kam es vor als wäre er gerade erwacht. Thomas versuchte sich zu erinnern, aber der ganze Tag lag erneut hinter einem Nebel in seinen Erinnerungen. In seinen letzten Erinnerungsfetzen war er dabei die Schreibmaschine zu reinigen. War Avian heute bei ihm gewesen? Vermutlich, woher hätte er sonst die aktuellen Zeitungen haben sollen, dachte er sich nach einem Blick auf das Datum. Ein fader Geschmack sammelte sich in seinem Mund und zusammen mit dem nebelverhangenen Verstand fühlte es sich fast an wie nach einem Rausch.

Thomas stand auf, seine Glieder fühlten sich so steif und ungelenk an als hätte er schon Stunden in dem Sessel verbracht. Es knackte und krachte als er sich streckte und er schmatzte trocken beim Versuch den verbrauchten Geschmack loszuwerden. Tranig und planlos stand er vor dem Sessel und schaute sich ratlos um, bis er schließlich beschloss etwas Holz in den Ofen zu legen.

Nach und nach klarten seine Gedanken auf und nachdem er einen Schluck Wasser zu sich genommen hatte und sein Gesicht im Spiegel über dem Waschbecken sah, erinnerte er sich. Daran das Avian hier gewesen war und an den kleinen Streit den sie hatten. An den Stapel neuer Zeitungen und an Avians Vorwurf, Thomas wäre ungepflegt. Sein Spiegelbild zeigte aber einen glattrasierten Thomas, das ungläubige aber sanfte gleiten seiner Hand über Wangen und Kinn bestätigten es. Je weiter Thomas in seiner Erinnerung voranschritt desto schwammiger wurde sie wieder. Hatte er Avian nun auf T.V.I. angesprochen oder wollte er es nur? Ging es darum in dem Streit? Nein, es ging um sein erstes Skript, dachte Thomas. An Avians Abschied konnte er sich nicht erinnern, Gänsehaut überzog seinen Körper bei dem Versuch.

„Das Skript! Mein Skript!", rief Thomas.

Eilig stürzte er zum Schreibtisch und riss die Schublade auf. Leer.

„Verdammt!"

Dann fuhr er herum und griff nach der Zeitung. Ihm war eingefallen warum er sich der Zeitung gewidmet hatte. Hastig blätterte er durch die zerknitterten Seiten. Ihrem Zustand nach hatte Thomas die Zeitung in seiner Trance bereits Dutzende Male gelesen und trotzdem wusste er jetzt nicht was darinstand. Er wusste nur wonach er suchen musste. Als er endlich das fand, von dem er hoffte es nicht zu finden, sank er bedrückt in den Sessel nieder.

Das lesen des schaurigen Artikels ließ seine Hände zittern. Wieder wurden in der Nach zwei junge Menschen bestialisch ermordet. Die Polizei verhängt Ausgangssperren und spricht offen von einem Serienmörder. Die wenigen Details, die aus dem Bericht zu erfahren waren, wischten alle Zweifel in Thomas zur Seite. Die Artikel schilderten den Inhalt seiner Skripte wieder. Ein quälender Schmerz machte sich in Thomas' Kopf breit.

„Wie um alles in der Welt kann das sein?"

Das dumpfe hämmern in seinem Schädel

machten gezielte Überlegungen kaum möglich. Thomas sprang auf und eilte zu den anderen Zeitungen. Hastig blätterte in einem Magazin nach dem anderen, überall waren ähnliche Meldungen zu finden. Verstört sank Thomas in dem Haufen wild verstreuter Zeitungen nieder.

„Es gibt eine einfache Erklärung, es muss eine geben", versuchte sich Thomas zu beruhigen.

„Apophänie... Ich habe die Artikel gelesen und dann vermutlich, unbewusst, auf deren Grundlagen die Romane verfasst", murmelte er.

Diese Erklärung zerschlug sich rasch. Alle Zeitungen und Magazine erschienen nach dem schreiben der Skripte, die Daten verrieten ihm die niederschmetternde Erkenntnis. Um den pulsierenden Schmerz zu verdrängen ging Thomas in der Hütte auf und ab. Plötzlich blieb er stehen.

„Kann ich es etwa sein, der die Morde begeht?", fragte er sich vorsichtig.

„Nein, nein das ist unmöglich!"

Die Stadt war eigentlich zu weit weg um binnen einer Nacht, vor allem zu Fuß, hin und wieder zurück zu kommen. Selbst mit einem Wagen wäre es eine kaum lösbare Aufgebe gewesen. Thomas beruhigte diese Erkenntnis. Er hatte für einen Moment befürchtet er würde schlafwandelnd durch die Nächte ziehen und junge Pärchen enthaupten.

Die Erleichterung hielt nicht lange an, es blieb die bohrende Frage wie die Morde mit seinen Romanen zusammenhängen konnten. Oder taten sie es gar nicht? Oder war die Stadt doch gar nicht so weit entfernt? Bildete er sich alles ein und setzte Puzzleteile zusammen die überhaupt nicht zusammen gehörten? Schließlich hatte Avian die Manuskripte mitgenommen und so konnte Thomas nicht mehr vergleichen.

„Avian", Thomas wiederholte den Namen als wäre er ihm zum ersten Mal zu Ohren gekommen. „Begeht etwa Avian die Morde? Inspiriert durch meine Geschichten?"

Thomas wurde schlecht bei dem Gedanken, aber auch dieser zerschlug sich schnell. Avian hatte die Zeitungen stets schon bei sich als er die Skripte abholte. Also mussten auch die Taten bereits vorher begangen worden sein.

Die Kopfschmerzen überwältigten ihn. All die

Gedanken, die sich nicht zusammenführen ließen quälten seinen Geist. All die merkwürdigen
Ereignisse in der Hütte. Der Keller, die Maschine, T.V.I. und nicht zuletzt die beunruhigenden
Tagträume. Lag in den Träumen die Antwort?
Oder in den Phasen dazwischen? Gab es überhaupt Phasen dazwischen? Wie aufs Stichwort
wurde Thomas müde und er beschloss sich die
Treppe nach oben zu schleppen.

Die untergehende Sonne beachtete er nicht,
sondern fiel schwer ins Bett. Trotz der Kopfschmerzen schlief Thomas rasch ein und er
wusste was jetzt kommen würde. Kaum, dass er
die Augen geschlossen hatte, stand er wieder
inmitten der schwarzen, kalten Leere und sah
den glühenden Ofen vor sich.

***

Thomas war sich sofort sicher zu schlafen und in
einem Traum zu sein. Gleichzeitig war er so klar
bei Verstand wie selten, er war sich seiner Gegenwart innerhalb des Klartraums bewusst. Ein
eigenartiges Gefühl.

Er ging unmittelbar und freiwillig zu dem

Ofen hinüber, weder wurde er magisch angezogen noch lockte ihn die behagliche Wärme. Es war Neugierde, so als würde er ein weiteres Teil des Puzzles dort vorfinden wollen. Die Anzahl seiner Schritte entsprach der zu erwartenden Entfernung. Seine Kopfschmerzen waren verschwunden und als er vor dem Ofen kniete, öffnete er das rotglühende, gusseiserne Türchen mit bloßen Händen, ohne dass er Wärme oder gar Hitze verspüren konnte.

Wieder lag ein rundes Objekt in dem Ofen, gebettet in einem Meer aus brennenden Seiten, die trotz lodernder Flammen nicht zu verbrennen schienen. Mutig griff Thomas nach dem Objekt und holte es hervor und wie zuletzt stellte es sich als Kopf heraus. Obwohl sich Thomas der Situation vollkommen bewusst war, er sich sicher war das er in einem Traum war und keinerlei Furcht oder angst verspürte, schrie er erschrocken auf und lies den Schädel fallen nachdem er in sein Gesicht geschaut hatte.

Das Abbild, das vor ihm auf dem Boden lag entsprach genau dem Gesicht auf dem abgerissenen Foto, das er im Schrank des Kellers gefunden hatte. Das leblose Antlitz starrte zu

Thomas hinauf, der einige Schritte zurückgewichen war. Am Hals des Kopfes sah Thomas starke Wunden, nur langsam wagte er sich der Szene wieder zu nähern. Er war verwundert warum er nicht schweißgebadet aufwachen würde.

Die Augen des Kopfes blickten flehend zum Ofen und Thomas folgte ihrem Blick. Die Seiten, die den Flammen bisher schadlos wiederstanden hatten, begannen sich an den Rändern schwarz zu färben und er erkannte die Dringlichkeit. Beherzt griff Thomas erneut in den Ofen aber diesmal traf ihn der höllische Schmerz der glühenden Hitze. Nur kurz bevor die Seiten in den Flammen zerfielen konnte er eine aus dem Ofen ziehen. Sie glich den Seiten die Thomas im Wald gefunden hatte und deren verkohlte Reste er bereits am ersten Tag aus dem Ofen gezogen hatte. Diese Seite war jedoch mit T.D.W. signiert. Fragend blickte Thomas zum Kopf hinab doch dieser war verschwunden. Noch während er den rabenschwarzen Grund nach ihm absuchte, ging die Seite in seinen Händen in Flammen auf und zerfiel zu schwarzer Asche, welche von einem nicht spürbaren Wind davongetragen wurde. Schweißgebadet schreckte Thomas in seinem Bett hoch.

***

„Verflucht noch eins", stammelte Thomas und sein Mund fühlte sich dabei trocken und kratzig an.

Es war Stockfinster, der Mond brachte nicht genug Kraft auf um durch die dichte Wolkendecke zu brechen. Thomas nahm die Lampe und ging hinunter um einen Schluck Wasser zu trinken. Kaum war die Treppe hinuntergestiegen bemerkte er die Wärme die von Ofen ausging.

Er beschloss sich nicht mehr über das vermeintliche Eigenleben des Kolosses zu wundern. Die moderne Akku-Lampe spendete ein kaltes, technisches Licht im Badezimmer und lies sein Konterfei im Spiegel befremdlich wirken. Mit kaltem Wasser wusch sich Thomas Gesicht und Nacken.

Wieder sah er die Schreibmaschine im Spiegel, wie sie auf dem Schreibtisch thronte. Obwohl er es nicht vorgehabt hatte und eigentlich wieder zu Bett gehen wollte, ging er hinüber und setzte sich an den Tisch. Es war keine bewusste Handlung, vielmehr schien er sich selbst dabei zu beobachten. Nach kurzem Moment, er wusste nicht warum, nahm er einen Stapel Papier aus der Schublade. Thomas dachte noch zu gut an die verstörenden Gedanken hinsichtlich seiner Manuskripte und den Artikeln in der Zeitung. Trotzdem fuhr er mit der Arbeit fort und spannte gegen seinen Willen einen Bogen in die Mechanik. Wie von fremder Macht gelenkt begann Thomas mit den ersten Worten und wie jedes Mal stimmten sich die Flammen des Ofens auch dieses Mal auf den Takt der Anschläge ein. Doch etwas war anders, Thomas spürte den Mangel an Kontrolle nicht nur, er wollte sich dem Sog, dem führerlosen Treiben auch nicht bedingungslos hingeben und kämpfte dagegen an. Es gelang ihm nicht und selbst die Erschöpfung, die er verspürte, erlaubte es ihm nicht von der Maschine abzurücken. Erst als er die letzte Seite aus dem Auszug gezogen hatte und das wilde Prasseln des Ofens nachgelassen hatte, konnte er endlich von den Tasten ablassen.

Die Lampe, die er im Badezimmer zurück gelassen hatte gab nur noch kümmerliches Licht von sich. Der Akku war mit seiner Kraft ebenso am Ende wie Thomas, es fühlte sich an als hätte er hunderte Stunden da am Schreibtisch zugebracht.

Völlig erschöpft und verstört ging Thomas, begleitet vom sterbenden Licht der Lampe, die Treppe wieder hinauf. Diesmal aber konnte er nicht einschlafen. Die Ohnmacht und Hilflosigkeit der Schreibmaschine gegenüber, der er soeben ausgesetzt war, deprimierten ihn über alle Maße. Der unheimliche Sog den sie entwickelte und der die Geschichten und Worte nur so strömen ließ, er hatte etwas völlig Beängstigendes angenommen. Warum nur konnte er sich nicht wehren? Warum war er wie gefesselt an der Maschine?

Thomas bekam kein Auge mehr zu und wusste nicht wie lange er wach gelegen und seine Gedanken geordnet hatte, oder zumindest versucht hatte zu ordnen. Erst die aufgehende Sonne vor dem Fenster riss ihn aus seinen Grübeleien und gab ihm einen Grund aufzustehen.

„Diese Scheiß Sonne", brummelte er.

Schon von der Treppe aus sah er das fein säuberlich gestapelte Manuskript neben der Maschine. Zum ersten Mal, seit er die Schreibmaschine aus dem Keller geholt hatte, empfand er keine Begeisterung oder Wohlwollen bei ihrem Anblick. Ihre Gegenwart machte ihn zwar nervös, es aber Angst zu nennen traute er sich nicht. Noch nicht, und bevor es dazu kommen konnte, wollte er sie loswerden. Er musste erst eine angemessene Distanz zwischen sich und die teuflische Apparatur bringen, zu groß war der Respekt den vor ihr hatte und dem, was sie imstande war ihm anzutun. Entschlossen und mit beiden Händen packte Thomas das alte, messingbeschlagene Teil. Doch es hob sich keinen Zentimeter vom Tisch.

„Was zum?", fragte Thomas und riss wild an der Maschine herum.

Doch so kräftig er auch an ihr rüttelte, das Gerät saß wie angeschraubt auf dem Schreibtisch. Selbst der Versuch die Maschine samt dem Tisch zu bewegen scheiterte.

„Das gibt's doch nicht", schnaufte Thomas schwer und sank in den Sessel.

Er strafte die Schreibmaschine mit finsteren Blicken, die diese überheblich über sich ergehen ließ. Wenn schon die Maschine nicht in den Keller zurückwollte, wenn sie weiter hier oben ihr Unwesen treiben wollte, dann würde er sich zumindest dieses verdammten neuerlichen Manuskripts entledigen, bevor dieses Schaden anrichten konnte. All das klang in seinem Kopf schon nicht gesund und er wagte nicht daran zu denken, wie es auf andere Menschen wirken würde, wenn er es laut aussprechen würde.

Thomas klemmte sich den Stapel unter den Arm, schnappte sich eine der Leuchten und ging direkt nach draußen, wo ihn ein prächtiger Tagesanbruch erwartete. Mit seinem Schlafanzug und den Pantoffeln war er trotz des milden Wetters nur unzulänglich gekleidet, aber die Angelegenheit duldete keinen weiteren Aufschub. Mit wenigen Schritten war er hinter der Hütte angelangt und der Zustieg in den Keller war auf Anhieb zu finden.

Das kohlrabenschwarze Loch zeichnete sich in einem Meer aus Zweigen und Laub, umringt von den Resten der Falltür, deutlich ab. Nach seinem letzten Besuch hatte Thomas das hölzerne Trumm nicht verriegelt und so hatte der

Sturm trotz ihres Gewichts leichtes Spiel mit der Tür gehabt. Die eisernen Fangbänder hingen zwar noch in den Scharnieren, auch einige der Planken aus dem dicken Holz waren noch an Ort und Stelle. Aber die Bänder waren verbogen und um das Loch herum lagen weit mehr Holzteile verstreut als an der Konstruktion verblieben waren.

Der tiefe Schlund, aus dem ein unheimlicher kalter Wind aufstieg, bremste Thomas' Enthusiasmus und er verharrte am Einstieg. Im Lichtkegel der Lampe konnte Thomas die laubbedeckte Treppe erahnen, durch die offene Tür mussten Unmengen an Unrat in den Keller hineingeweht worden sein befürchtete er. Vorsichtig stieg er auf die ersten Stufen und schon nach wenigen Schritten kam er aufgrund des Laubes und seinem unpassenden Schuhwerk ins Rutschen. In letzter Sekunde konnte er sich fangen, die Lampe polterte dabei die Stufen hinunter und leuchtete ihm gespenstisch vom unteren Ende der Treppe entgegen. So hätte er die schwere Schreibmaschine ohnehin nicht den schmalen, schiefen Abgang hinunter bekommen dachte sich Thomas. Sicher wäre er mit ihr, samt und sonders hinuntergestürzt und hätte sich dabei den Hals gebrochen. Wusste die Maschine das? Wollte sie ihn schützen, oder sich selbst? Begleitet von diesen Gedanken und weiteren, seinen geistigen Zustand hinterfragenden, stieg Thomas weiter hinunter und dem grellen Licht der Leuchte entgegen. Sie lag so ungünstig, dass sie ihn bis zur letzten Stufe blendete.

Unten am Fuß der Treppe lagen weitere Reste der hölzernen Luke sowie feuchtes Laub und Zweige. Thomas hob die Lampe auf und richtete sie in das Gewölbe hinein. Weiter schien das Unwetter dem Keller keinen Schaden zugefügt zu haben. Weder wurden die leeren Gläser aus den Regalen geschleudert, noch die Staubschicht merklich hinweggefegt. Selbst die dicken Spinnweben hingen noch.

Thomas legte die Taschenlampe so auf eines der Fässer, dass sie die Ecke mit dem eingemauerten Schrank beleuchten konnte. Während er das Skript in dem Schrank verstaute, überkam ihn das Gefühl sein Handeln rechtfertigen zu müssen.

„Ich muss es vergleichen können", sagte Thomas zu sich. „Mit den Zeitungen. Er darf es nicht finden"

Obwohl niemand auch nur in der Nähe war verfiel Thomas in einen lauten Monolog.

„Verbrennen kann ich es nicht, noch nicht", fuhr er fort.

„Oben in der Hütte würde es Avian wiederfinden und, und…", Thomas' Stimme stockte.

Avian hatte ohne Schwierigkeiten das zweite Skript in der Schublade des Schreibtisches gefunden hatte, obwohl er davon gar nichts wissen konnte. Je tiefer Thomas den Stapel Papier in die Ecken des Schranks schob, desto zufriedener war er mit seinem Plan.

Thomas beschloss weitere Werke von T.V.I. mit nach oben zu nehmen und zog die gammeligen Kartons hervor. Hinter dem letzten sah er ein Bündel. Weit weniger akkurat als die Kartons, wurde es sichtlich ebenso tief in dem alten Möbel versteckt, wie er seinen eigenen Packen soeben darin versteckt hatte.

Vom Staub befreit stellte es sich als ein Stoß alter Zeitungen heraus, der von einer alten Kordel notdürftig zusammengehalten wurde. Die Zeitungen waren verblichen, staubig und fleckig. Im Gegensatz zu den blütenweißen Seiten

der Manuskripte wirkten sie dem Umfeld an-
gemessen. Thomas zog eine aus dem Stapel heraus und hielt sie in das Licht der Lampe. Es war
die gleiche Tageszeitung die Thomas auch von
Avian bekommen hatte, gleichwohl dieses
Exemplar um einiges Älter war.

„Scheiße", dachte Thomas. „1964, da war ich
noch nicht einmal geboren."

Thomas beschloss die Zeitungen ebenfalls mit
nach oben zu nehmen. Obwohl er den Gedanken
nicht zu Ende bringen wollte, wusste er worauf
es hinauslaufen würde.

Gab es zwischen den Werken von T.V.I und
den alten Zeitungen einen Zusammenhang? Gar
einen ähnlichen wie bei seinen Skripten? Er eilte
die Stufen hinauf.

***

Die Sessel der Sitzgruppe waren so weit möglich
an den Rand der Hütte gerückt worden. Selbst
der Schreibtisch wurde an die Tür der kleinen
Abstellkammer gestellt. Dass sich Schreibtisch
nebst Maschine plötzlich so leicht bewegen ließen nahm Thomas nicht wahr.

Wahnhaft breitete Thomas die Zeitungen auf dem freigelegten Boden aus. In jeder einzelnen durchforstete er die Meldungen und tatsächlich, in jeder war mindestens ein Artikel über einen bestialischen Mord. Er sortierte sie nach Datum und markierte die zusammenhängenden Verbrechen. Damals wie heute wütete ein Serienmörder scheinbar hemmungslos in der Stadt, die Brutalität und der ausbleibende Erfolg der Polizei lösten gar Unruhen aus. Der Chronologie der Ereignisse folgend stellte Thomas fest, dass er wohl nicht geschnappt werden konnte. Zumindest nicht bis zu der Ausgabe der Zeitung, die sich als die neueste herausstellte und vom Ende Oktober 1964 stammte.

„Oktober, genau wie heute", murmelte Thomas und war sich nicht sicher ob dies bereits einer der Zusammenhänge sein sollte die er finden wollte. Oder zu finden fürchtete.

Dann öffnete er die modrigen Kartons und holte die Skripte hervor. Auf den ersten Blick war es unmöglich einen Zusammenhang zu finden. Allein vom Zustand der Seiten würde man sie kaum älter als ein oder zwei Jahre schätzen, auch wenn sie mittels Schreibmaschinen verfasst wurden. Den Zeitungen dagegen sah man ihr Alter von fünfundfünfzig Jahren dagegen deutlich an.

Tomas begann die Skripte zu lesen und immer, wenn er glaubte es würde zu einem Artikel in einer der Zeitungen passen, markierte er die Stellen und legte es neben das entsprechende Blatt. Schnell fand er zu jeder Meldung ein passendes Werk von T.V.I. und binnen kürzester Zeit war der komplette Boden der Hütte gefüllt mit markierten Seiten, Zeitungsartikeln und Kritzeleien.

Thomas erhob sich, sein Rücken schmerzte dabei. Mühevolle Stunden hatte er auf dem Boden zugebracht aber jetzt, da er erstmals erhoben vor seinem Werk stand, blieb die alles erhellende Erkenntnis zu seiner Enttäuschung aus.

Zwar war die Anzahl der Artikel mit der Anzahl der Manuskripte identisch, neben jeder Zeitung lag quasi ein passendes Skript. Aber es offenbarte ihm nicht den erhellenden Zusammenhang. Waren die Texte aufgrund der Nachrichten erstellt worden oder war es genau anders herum? Ohne zu wissen wann genau die

Seiten getippt wurden, würde er es nicht eindeutig herausfinden fürchtete er.

In großen Schritten watete Thomas durch die gespenstische Collage und suchte nach Verknüpfungen und Zusammenhängen. Der alte Boden knarzte und stöhnte unter seinen weiten Schritten. Schließlich, breitbeinig über einer der Zeitungen, blieb er stehen und kniff die Augen zusammen. Den Kopf auf die Schulter gelegt beugte sich Thomas hinunter, hob sie hoch und schlug sie auf. Er hatte die Zeitungen so gefaltet, dass sie mit den fraglichen Artikel nach oben lagen. In einer Ecke, die dem Ressort der Kultur zugehörig war, glaubte er etwas erkannt zu haben. Etwas Vertrautes. Thomas hatte die verschiedenen Bereiche nicht alle gelesen, ihm stand schließlich nicht der Sinn nach Sport und Kreuzworträtseln.

In der Rubrik, bei genauem lesen war es tatsächlich die Sparte Kultur, fand sich jedoch ein Foto, dessen Ausmaß er erst erkannte als er sich darauf fokussierte. Es zeigte eine Gruppe von Männern, die vor einem neuen Gebäude standen und ein, vermutlich rotes, Band nebst einer lächerlich großen Schere hielten. Thomas erkannte das Gebäude. Es war der Hauptsitz des Verlages, seines Verlages, in der Stadt. Die Eröffnung war also im Jahre 1964. Freilich sah es heute etwas moderner und opulenter aus, aber er erkannte es. Das Foto war leider in der für damalige Verhältnisse üblichen Qualität und das gealterte Papier war nicht hilfreich, aber einer der Männer sah aus wie, Thomas musste schlucken, er sah aus wie Avian.

Der Mann sah Avian nicht einfach nur ähnlich, nein. Die Person glich dem Avian der Gegenwart in unwirklicher Weise. Kalte Schauer überliefen Thomas und stellten die kleinen Härchen in seinem Nacken zu Berge. Thomas hielt sich die Zeitung dicht vor die Nase und kniff seine Augen weiter zusammen, aber das alte Bild wollte nicht schärfer werden. Es wäre auch ein Wunder gewesen.

„Das, das kann nicht sein", stammelte Thomas und veränderte den Abstand zwischen Zeitung und Augen mehrfach. „Dieser unscharfe Glatzkopf… Es muss jemand anderes sein."

Schließlich gab es auch 1964 schon Glatzköpfe mit breitem Grinsen, dachte er sich. Ein Beweis blieb zudem aus, die Unterschrift des Fotos sprach nur von Mitarbeitern des Verlags. Der Text nannte keine Namen und auch im eigentlichen Artikel stand nichts zu lesen über einen Avian Master.

Thomas riss das Foto aus der Zeitung. Dabei zitterte er so stark, dass er die halbe Seite zerfetzte und das Bild am Rand sehr unsauber beschädigte. Als er es in die weite Tasche seiner Hose steckte, er trug immer noch seine Schlafkleidung, merkte er das sein Zittern von der Kälte herrührte, die in der Hütte herrschte. In seinem investigativen Enthusiasmus hatte er den Ofen nicht angeschürt und den halben Tag auf dem kalten Boden verbracht. Nun war Thomas unterkühlt.

Ungelenk stieg er über die schier endlosen Flächen aus Papier hinweg, hinüber zum Ofen und legte ein Feuer an. Noch an der aufkeimenden Flamme wärmte er sich seine Hände, lange bevor sich der Wohnraum ganz allmählich mit Behaglichkeit füllte und er wieder sich seinen Gedanken hingeben konnte. Dieser nervtötende Tanz mit dem Ofen und den Temperaturschwankungen. Er fluchte und wünschte sich eine moderne Heizung, als ihm etwas einfiel.

Thomas kramte das Foto aus der Zeitung hervor und ging zu der Wand, an die Avian am ersten Tag das Bild der beiden aufgehängt hatte. Vorsichtig hielt er es daneben und versuchte die beiden Konterfeie darauf zu vergleichen.

„Verdammt, wenn das nicht derselbe Typ ist fresse ich einen Besen", sagte Thomas nur um kurz darauf an der eigenen Aussage zu Zweifeln.

Ein Vergleich der beiden Aufnahmen war schwerer als er zugeben wollte. Die Fotografie im Rahmen war in Farbe, deutlich schärfer und außerdem recht nah an den beiden. Es bildete so das genaue Gegenteil zu dem blassen, schwarzweißen Ausschnitt mit den winzigen Figuren, den er in seiner Hand hielt. Dennoch kam er nicht umhin das der Avian auf dem Bild der Preisverleihung dem heutigen verblüffend ähnlich sah, obwohl die Aufnahme aus den Achtzigern stammte. Oder bildete er sich nur wieder etwas ein? Diese immer wiederkehrende Frage nach der Einbildung, immer die nagenden Zweifel. Thomas verfluchte sich dafür, dass abermals kein Beweis für das für oder wider greifbar war. Es müsste aber mit dem Teufel zugehen, wenn es nicht Avian war, der auf dem Bild von 1964 zwischen all den Anzugträgern stand.

„Dann aber müsste Avian heute ja um die achtzig, neunzig Jahre alt sein", kombinierte Thomas.

Er trat wieder einen Schritt näher an das Bild heran und es wirkte, als würden Avians Augen ihm folgen. Das Glas auf der gerahmten Fotografie beschlug durch seinen Atem und Thomas fror augenblicklich bitterlich. Kälte schlug ihm von der Aufnahme entgegen, so bitter und stechend das er einen Schritt von der Wand zurückweichen musste. Er hastet, ja sogar flüchtete beinahe zum Ofen und schraubte an den Hebeln herum, in der Hoffnung dieser würde schneller und vor allem mehr Wärme abgeben.

„Dieser verfluchte Tanz", grantelte er dabei.

Eine Weile ging Thomas vor dem Ofen auf und ab und tankte die Wärme, die schlussendlich doch von ihm ausging. Wenn Avian zurückkehren würde, dann würde er ihn mit den Vorwürfen konfrontieren versicherte er sich. Thomas brauchte unbedingt neue Zeitungen, mehr Informationen. Die Frage ob in dieser oder der letzten Nacht weitere Morde in der Stadt begangen wurden, zerriss in beinahe. Viel wichtiger war aber ob die Taten mit den Inhalten des letzten Skripts übereinstimmen würden.

„Avian muss morgen kommen. Er muss einfach!", schwor sich Thomas ein und beugte sich hinunter zu der ausufernden Collage.

Die schlaflose Nacht und die aufreibende Recherche der Zeitungen und Manuskripte aber zollten ihren Tribut.

Kaum war es dunkel geworden, kämpfte Thomas mit der Müdigkeit. An weitere Nachforschungen war nicht mehr zu denken und er beschloss für heute aufzugeben. Zu groß war seine Sorge einen entscheidenden Hinweis zu übersehen.

An sich gerochen beschloss er zudem, trotz der Erschöpfung, ein Bad zu nehmen. Es war mehr als überfällig. So setzte Thomas routiniert einen Kessel nach dem anderen auf und lies sich in das warme Wasser gleiten, was umgehend bei seinen Rückenschmerzen half. Dennoch, das unbehagliche Gefühl des Alptraumes, den er einst in dieser Wanne hatte, begleitete ihn dabei und er achtete darauf nicht einzuschlafen oder das Bad unnötig in die Länge zu ziehen.

Kapitel Zehn

Er hatte eine schlimme Nacht befürchtet. Zu den Erkenntnissen des Vortages gesellten sich Rückenschmerzen, so war Thomas mit den schlechtesten Vorahnungen zu Bett gegangen und einen weiteren Klartraum erwartet, wenn er überhaupt ein Auge zubekommen würde. Die Nacht jedoch ging schnell und ohne Vorkommnisse vorüber und auch wenn er nicht sonderlich gut geschlafen hatte, so hatte er zumindest durchgeschlafen.

Thomas lehnte an der kleinen Küchenzeile während der Kaffee mit wohlbekannten Klängen durch den Filter gurgelte. Das Feuer knisterte bereits und wie man es erwarten würde, spendete der Ofen diesmal in einem angemessenem Maße Wärme. An diesem Morgen deutete nichts auf die mysteriösen Vorkommnisse der letzten Tage hin, die Sonne schien wieder kräftig und freundlich und das Zwitschern der Vögel war wieder deutlich zu hören.

Lediglich das verstörende, weitläufige Gebilde aus Zeitungen und Manuskriptseiten auf dem Boden sowie die verrückten Möbel erinnerten

Thomas daran, dass es eben nicht das trügerische Idyll war, das die Hütte ihm heute vorgaukelte zu sein. In jedem Kriminalfilm spinnt der Verrückte solche Konstrukte, es fehlte nur noch der rote Wollfaden der die einzelnen Seiten verband, dachte er sich.

Thomas schlich um die makabre Darstellung herum, die fast den gesamten Boden der Hütte einnahm, und trank seinen Kaffee in kleinen Schlucken. Auch wenn sein Blick intensiv über die Seiten zu wandern schien, so suchte er gar nicht nach neuen Erkenntnissen. Er wartete. Auf Avian, denn nur er konnte neues Licht in das Dunkel bringen. Thomas kramte das zerknitterte Zeitungsfoto hervor, der Kaffee schmeckte kalt und bitter.

Er trat hinaus auf die Veranda und setzte sich auf die Stufen. Wie jedes Mal so auch heute, trotz des Sonnenscheins, konnte sein Blick das unfassbare Dickicht des angrenzenden Waldes nicht durchdringen. Der schmale Weg löste sich wie gewohnt nach wenigen Metern im unheilvollen Dunkel und stand in surrealen Kontrast zur herrlichen Lichtung mit der Hütte. Ab und zu schreckte Thomas auf, wenn er glaubte, eine massige Silhouette würde sich aus dem verworrenen Hintergrund absetzen und er würde jeden Moment Avians monströsen Geländewagen durch das Unterholz brechen sehen. Illusionen lediglich, denn Avian kam nicht und auch als der Stand der Sonne die Mittagszeit angekündigt hatte saß Thomas noch wartend auf dem spröden Holz der Stufen.

„Verdammt! Avian!", rief Thomas.

Vielmehr schmatzte er. Außer dem Kaffee, den er zudem zu nur Hälfte getrunken hatte, hatte Thomas keine Flüssigkeit zu sich genommen. Die Worte rissen seine trockene Zunge so vom klebrigen Gaumen das es schmerzte. Kopfschmerzen plagten ihn und als er sich von den Stufen erhob musste er sich am Geländer anhalten.

„Durst", grunzte Thomas und ging zurück in die Hütte.

Entsetzen packte ihn als er an der Schwelle stand, die Tür lehnte gegen seinen Körper. Ungläubig starrte Thomas nach vorne.

Mitten in der der Hütte, in dem Meer aus Manuskripten, Notizen und Zeitungen stand der

Schreibtisch und auf ihm obenauf die Schreibmaschine. Thomas war sich sicher das Tisch und
Maschine an der Tür zur Abstellkammer gestanden hatten.

„Was zum?", Thomas wischte sich mit der
Hand über das Gesicht. „Was zum Geier", fuhr
er fort.

Argwöhnisch schaute er über seine Schulter,
hinaus vor die Veranda. Aber niemand war da
der ihm erklären konnte was geschehen war.
Oder der die Maschine hätte verrückt haben
können. Niemand war zu sehen und das friedli-
che Licht, in welches die Sonne die kleine Lichtung getaucht hatte, war komplett verschwunden. Eine kühle Böe schlug ihm entgegen.
Thomas schauderte, machte einen Schritt in die
Hütte und lies die Tür ins Schloss gleiten.

Misstrauisch wandte er seinen Blick zurück in
die Mitte des Raums. Es musste an der Dehyd-
rierung liegen, dachte er sich und ging langsam
einen Schritt vorwärts.

„Was willst du?!", schrie er mit Inbrunst und
wusste nicht wen er damit gemeint hatte.

War es soweit? Führte er Gespräche mit Ge-
genständen? An und für sich nichts Neues. Aber

dass er die Worte laut aussprach ließ ihn Befürchten, dass er diese Maschine, diesen quälenden Kasten aus Metall, Messing und Holz als Individuum anerkannt hatte. Völlig anders als die stillen unpersönlichen Flüche, die man gegen eine rote Ampel oder vergleichbares ausstößt.

„Was willst du?", fragte er verzweifelt.

Die Maschine indes gab ihm keine Antwort. Ihre einnehmende Präsenz inmitten des Raumes fasste er als Forderung und Hohn auf. Und so ging er mit seinen Kopfschmerzen, dem Schwindel und dem trockenen Mund auf die Maschine zu. Er konnte nicht anders als sich auf den Sessel zu setzen und seine Hände über die metallischen Tasten gleiten zu lassen.

Weinerlich zog er einen Stapel blütenweißes Papier aus der Schublade hervor und spannte einen Bogen in die Apparatur. Ohne großen Widerstand, aber gepeinigt durch quälenden Verdacht seiner Nachforschungen, lies er die Maschine arbeiten. Als wäre er nicht essentiell wichtig für die Ergebnisse die nur so aus der Maschine flogen; kam er sich anfangs noch wie ein Passagier vor, ein Beobachter der berauscht seine Erinnerungen niederschreibt, war ihm jetzt klar: Er war kaum mehr als der Treibstoff für dieses Monstrum.

Thomas sah angewidert zu wie seine Hände die Anschläge malträtierten und die kleinen Köpfe der Buchstaben die Tinte durch das Farbband in das Papier schlugen. Die Geschichte die sich vor seinem Auge abspielte war vor Abscheulichkeit und Gräueltaten kaum auszuhalten und auch wenn er sich noch so sträubte, die Maschine ließ ihn nicht los. Unnachgiebig verlangte sie nach Eingaben, während der Ofen sein bekanntes Flammenspektakel zelebrierte und die Temperaturen in der Hütte in unerträgliche Höhen peitschte.

Erst mit dem letzten Anschlag ließ die Maschine von Thomas ab und Augenblicklich sackte er schweißgebadet auf ihr zusammen. Die Flammen im Ofen zogen sich zurück und ihre Reflektionen im Glas des gerahmten Bildes waren das letzte was Thomas sehen konnte bevor er Ohnmächtig wurde.

Sie ließen Avians ohnehin schon breites Grinsen noch diabolischer und furchteinflößender wirken.

***

Thomas erwachte. In der Hütte war es fast dunkel und bitterkalt. Verwirrt und orientierungslos blickte er sich um und erst als er die Schreibmaschine vor sich sah, fiel es ihm wieder ein.

Angewidert sprang er auf und stieß den Tisch von sich. Sich die Haare raufend irrte Thomas umher, schrie und wusste nicht wohin mit all der Furcht und dem Zorn. Der Blick auf den Schreibtisch ließ ihn die Früchte seines letzten Zusammenbruchs erkennen.

„Weg damit!", schrie Thomas.

Wütend warf er den Stoß Papier vom Schreibtisch, die unzähligen Seiten flatterten durch die Luft. Thomas sah ihnen zu wie sie sich über den Boden und seiner Collage verteilten.

„Die Zeitungen, verdammt!", ärgerte er sich.

Er brauchte unbedingt aktuelle Informationen, frische Nachrichten und verfluchte Avian das dieser nicht gekommen war. Fieberhaft dachte Thomas nach.

„Der Fernseher! Scheiße, den hatte ich vergessen!", rief er beinahe euphorisch als er das kleine alte Röhrengerät entdeckte.

Avian hatte zwar gesagt man könne darauf nur Videos oder ähnliches abspielen, aber Thomas war nach allen Erlebnissen nicht bereit ihm weiterhin bereitwillig Glauben zu schenken. Eilig zog er einen Stuhl unter das Gerät und stieg hinauf. Ohne zu wissen was genau er dort tat kontrollierte Thomas die Kabel an der Rückseite, die allesamt in einem kleinen, mit Spinnweben verhangenen Loch in der Wand verschwanden. Dessen ungeachtet machten die Kabel am Fernseher einen guten Eindruck. Ein Steckplatz an der Rückseite war nicht nur frei, der Staub um ihn herum war auch verwischt. Als hätte jemand vor kurzem etwas herausgezogen. Da Thomas aber ein fehlendes Kabel zunächst nicht erkennen konnte, drückte er planlos die wenigen Knöpfe an der Vorderseite.

Zaghaft und von einem strengen Rauschen begleitet strahlte die Röhre, vermutlich zum ersten Mal seit Jahren, endlich ein wirres Gewusel aus Weißen und Schwarzen Punkten aus. Erwartungsvoll stand Thomas vor dem Gerät, die Befürchtung jedoch, Avian könnte Recht behalten, wuchs mit jedem erfolglosen Senderwechseln.

Thomas stieg noch einmal auf den Stuhl und schaute hinter das Gerät. Beherzt griff er in das enge Loch in der Wand und tatsächlich, durch Dreck und Spinnweben hindurch konnte er mit den Fingerspritzen ein loses Ende eines Kabels erfühlen. Es heraus zu bekommen gelang ihm nur mühsam, zu eng war das Loch als das er mit der ganzen Hand hätte hineingreifen können, und zu dunkel um etwas zu sehen. Mehrfach wäre es ihm fast aus den Fingern geglitten und so womöglich endgültig in der Wand verschwunden. Erleichtert zog er einige Zentimeter heraus als er es besser greifen konnte und nachdem schließlich auch der Stecker des Kabels in den freien Steckplatz des Fernsehapparates passte, jubelte Thomas innerlich.

Sein Aufwand wurde allerdings nicht belohnt, noch immer gaben die Sender keinerlei Bild ab. Das dumpfe Rauschen blieb auf allen Kanälen. Kurz bevor Thomas im Begriff war enttäuscht aufzugeben hörte er hinter dem Surren und Rauschen so etwas wie Stimmen. Hektisch drückte er die Knöpfe von denen er sich eine Senderkorrektur erhoffte und nach wenigen

Momenten glaubte er in dem Gewimmel auf dem Bildschirm Personen erkennen. Er hatte tatsächlich einen Sender hereinbekommen.

Zwar war das was er sah sehr weit entfernt von einem vernünftigen Bild, aber man konnte irgendwie erkennen was zu sehen sein sollte und hören was zu hören sein sollte. Eine triviale Doku-Soap über Richter oder Mütter drückte sich durch die Bildstörungen. Vielleicht auch über Mütter die Richterinnen waren oder Richter die Mütter verklagten. Egal, dachte Thomas.

Weitere, womöglich bessere Sender zu suchen unterließ er in der Befürchtung er würde diesen wieder verlieren. Thomas beschloss auf die Nachrichten zu warten und zog den Stuhl vor den Fernseher.

Wie lange er wirklich gewartet hatte wusste Thomas nicht. Aber als die Melodie erklang und damit die ersehnte Sendung ankündigte, kam es ihm so vor als wären es nur wenige Sekunden gewesen.

Eine unscharfe Dame begrüßte die Zuschauer mit kratziger Stimme aber ernstem Ton. Noch bevor irgendeine andere Meldung vorgelesen wurde verkündete die Moderatorin mit bedauern, dass es auch in der vergangenen Nacht wieder zu grauenhaften Morden in der Stadt gekommen sei. Der Bevölkerung wurde weiterhin geraten nicht nach Einbruch der Dunkelheit die Häuser zu verlassen und nicht alleine vor die Tür zu gehen. Die örtlichen Behörden, so ein zugeschalteter Sprecher, wüssten immer noch nicht ob es einer oder mehrere Täter waren, der seit etwa einer Woche sein schreckliches Unwesen trieb. Man spiele mit dem Gedanken an Ausgangsperren in den kommenden Tagen.

Die Brutalität, mit der die Taten verübt wurden, stelle alles Bisherige in den Schatten und stelle die Polizei vor neue Herausforderungen, fuhr der Sprecher fort, dessen Einblendungen offensichtlich von einer Pressekonferenz, vermutlich vom frühen Morgen, stammten. Die Nachrichtensprecherin rang sichtlich mit der Fassung, moderierte dann aber professionell zu einem Experten, der neben ihr am opulenten Tresen stand.

Ausufernd versuchte der Experte zu erklären, wie es zu so einer Welle der Gewalt kommen kann und die Folgen, die auftreten, wenn die

Polizei dem nicht Einhalt gebieten könne. Aber auch er fand keine hilfreichen Worte, weder konnte er die sicher verängstigte Bevölkerung beruhigen noch der Polizei hilfreiche Hinweise über die oder den bis dato unbekannten Täter liefern. Die Auswirkungen auf das öffentliche Leben waren bereits dramatisch.

Zitternd und verzweifelt stand Thomas vor dem Gerät. Schon bei den ersten Worten war er vom Stuhl aufgesprungen und folgte ange-spannt dem Beitrag. Was der Experte nicht im Stande war zu erklären, war für Thomas umso einfacher. Er war sich sicher, dass er, wie auch immer, der Ursprung für die Gräueltaten war. Frappierend stimmten die Angaben der beiden mit Thomas` Geschichten überein. Es klang, zu seinem Bedauern, nach genau dem was er be-fürchtet hatte. Das letzte Puzzleteil, das zwar passen wollte aber nicht passen sollte. Nicht passen durfte. Thomas sah sich in seinem Ver-dacht endgültig bestätigt, so surreal es auch war.

Thomas ging in der Hütte auf und ab, watete durch das Meer aus Papieren das sich über den Boden erstreckte. Was weiter aus dem Fernseher zu hören war Drang längst nicht mehr zu ihm durch. Seine verworrenen Gedanken kreisten.

In den Nachrichten war eindeutig von den Taten zu hören die er niedergeschrieben hatte. Oder hatte sie die verfluchte Maschine geschrieben? Es schob die Frage beiseite, fokussierte sich um nicht den Verstand zu verlieren auf die Fakten, die er zu kennen glaubte.

Jedes seiner Skripte hatte Avian aus der Hütte entfernt. War etwa Avian der Mörder? Plante und beging er die Taten nach den Romanen die Thomas verfasste?

„Großer Gott!", Thomas hielt sich die Hand vor den Mund.

Der Ekel verfiel wieder. Avian konnte es nicht sein. Seine dritte Geschichte hatte Thomas nach unten in den Keller und dort in den alten Schrank gepackt. Aber aus dieser waren Einzelheiten in den Nachrichten zu hören. Avian konnte es also nicht sein. Was aber bedeutete dies? War er es etwa selber, war er diese Bestie? In den Blackouts? Unmöglich, die Stadt war viel zu weit entfernt. Thomas spielte diese Gedanken unendliche male durch, immer ohne endgültiges Ergebnis. Wie beim letzten Mal.

„…zuletzt 1964…", krächzte die Stimme aus

dem rauschenden Fernseher.

„1964?", wiederholte Thomas und blieb wie angewurzelt stehen. „1964!"

Er stürzte hinüber zum Gerät und hoffte einen Einstieg in das Gespräch, das mittlerweile zwischen der Moderatorin und einem deutlich älteren Mann stattfand, zu finden.

„Denken Sie an die großen Unruhen, die dadurch ausgelöst wurden. Die Beklemmung, die Anarchie und die Angst die damals wochenlang in der Stadt herrschte", hörte er den Mann.

„Das war lange vor meiner Zeit, aber ich weiß wovon Sie sprechen", pflichtete die Sprecherin ihm mitfühlend bei.

„Ich sehe Parallelen zu der Zeit. Auch damals steigerte sich die Stadt in eine Welle aus Gewalt und Verbrechen. Plünderungen, Selbstjustiz, alles ausgelöst durch eine Reihe schrecklicher Morde. Es glich dem Vorhof zur Hölle, schreckliche Wochen aus Angst und Verzweiflung. Gar das Militär griff ein. Und mit einem Mal war alles vorüber. Niemand wurde gefasst. Niemand wurde zur Rechenschaft gezogen."

„Sie meinen also das man einfach abwarten soll?", fragte die junge Frau skeptisch.

„Nein, nein. Um Gottes willen!", verteidigte sich der Experte energisch. „Der Urheber, oder die Urheber, dieser abscheulichen Taten müssen natürlich mit aller Härte verfolgt und gefasst werden und zwar bevor es zu erneuten Vorfällen dieser Art kommt. Ich meine lediglich, dass die Polizei vielleicht in den Unterlagen von 1964 Hinweise finden könnte. Wenn die Polizei ähnlich hilflos und ohnmächtig agiert wie damals und die Morde ungesühnt weitergehen. Dann schätze ich wir erleben die gleichen katastrophalen Umstände wie damals, die in den gewaltigen Unruhen von 1964 mündeten."

„Der Täter von damals wäre heute sicher weit über siebzig Jahre alt, vielleicht achtzig", gab die Dame zu bedenken.

„An Grausamkeit und Intensität geben sich die Taten von heute eigentlich nichts zu denen von 1964", erklärte der alte Mann. „Ich war damals einunddreißig und weiß noch genau wie uns das alles sehr schockiert hatte."

„Und Sie vermuten eine Verbindung?", hakte die Sprecherin mit solidem Journalismus nach.

„Sicher nicht die handelnde Person. Aber womöglich Nachahmer oder, auch wenn es zunächst recht unwahrscheinlich erscheint, der oder die Auftraggeber."

„Moment, Moment. Sie glauben diese Wellen der Brutalität werden gezielt auf uns losgelassen?", der Ton der Moderatorin verfiel ins Lächerliche und sie räusperte sich nachdem sie es bemerkt hatte.

„Sehen Sie sich nur die Art und Weise der Taten an, die beinahe einem Ritual gleichenden…Morde…1964…unfassbares…kaum…begreifen…Okkultismus…wirtschaftliche…"

Der Ton verkam zu einem einzigen undurchdringlichen Brei. Auch die Schläge die Thomas gegen das Plastikgehäuse ausführte brachten keine Besserung. Nach kurzer Zeit hatte sich das Bild wieder gänzlich in weißem Rauschen aufgelöst.

„Verdammt", stieß Thomas hervor.

Hektisch wühlte er in den Papieren auf dem Boden und riss schließlich eine der alten Zeitungen nach oben.

„1964! Verfluchtes 1964", las Thomas und ließ die Arme fallen. „Verdammte Scheiße, was geht hier oben nur vor?"

Die Zeitung fiel zu Boden und Thomas' Blick

folgte ihr. Um die Zeitung lagen die Seiten seines letzten Skriptes. Dessen Inhalt war noch kein Thema der Nachrichten gewesen dachte er sich.

„Noch nicht!", mahnte er sich.

Es fiel ihm wie Schuppen von den Augen. Immer weitere Teilchen setzen sich zu einem grausamen Ganzen zusammen. Thomas erinnerte sich an seinen ersten Tag und wie er Feuer gemacht hatte. Und er erinnerte sich an die Träume die er hatte.

In weiten Schwüngen fegte er alles Papier vom Boden mit Armen und Füßen zusammen. In seiner Hektik gelang es ihm kaum und doch hatte er binnen kürzester Zeit einen beachtlichen Haufen zusammen bekommen.

Das Feuer in dem gusseisernen Ofen war längst erloschen und doch stopfte Thomas eine Hand voller Papier nach der anderen in das Loch. Sorgfältig achtete er darauf das jede der verfluchten Seiten seines Manuskriptes im Ofen landete.

„Mit mir nicht!", presste er dabei mehrfach durch seine Lippen. „Mit mir nicht!"

Zufrieden stand Thomas vor dem Ofen und sah den Flammen zu, die nach und nach mehr

Besitz von den Seiten ergriffen. Zunächst hatte es danach ausgesehen als hätten die hineinge- worfenen Zündhölzer keinerlei Einfluss auf das Papier, aber dann wellten und krümmten sich die Ränder und färbten sich schwarz um letzt- endlich vollends zu zerfallen.

„Mit mir nicht…", flüsterte Thomas und sah dem Zerfall seines Manuskriptes zu.

Obwohl das Türchen offenstand und die unge- heure Menge an Papier den Flammen genügend Spielraum zum Züngeln gab, schien von dem Feuer keinerlei Wärme auszugehen. Selbst als Thomas seine Hände ganz nahe an den Brenn- raum hielt spürte er nichts.

In einem seiner Träume war es ihm ebenso ergangen und Thomas fragte sich, ob er sich nicht gerade auch in einem befand. Er nahm ein paar Holzscheite aus der Truhe und legte sie in die wild schlagenden Flammen.

Papier um Papier, Seite um Seite löste sich in schwarze Flocken mit glimmenden Rändern auf die aus dem offenen Türchen in die Hütte ge- weht wurden. Thomas sah ihnen zufrieden nach und es war ihm egal ob vom Ofen Wärme ausging oder nicht, ob er träumte oder nicht. Sein Ziel war die Vernichtung des Manuskripts und die Ascheteile, die um ihn herum niedersegelnden, waren Zeugen seines Erfolgs. Thomas dachte an T.V.I, der wohl ganz ähnlich hier vor dem Ofen gestanden hatte und seine Werke in die Flammen warf. An die quälenden Zeilen die er verfasst hatte. Wie lange hatte T.V.I. gebraucht, bis er auf den erlösenden Gedanken kam seine Werke zu verbrennen? Fürchterliche Gedanken müssen ihn gequält haben. Nie wieder würde er auch nur eine einzige Zeile niederschrieben schwor sich Thomas. Aber war er es überhaupt gewesen?

Unberührt von alledem stand die Maschine unbeirrt auf dem Schreibtisch, die Flammen des Ofens tanzten wieder auf ihrer metallischen Oberfläche. Das Farbenspiel und die stoische Präsenz des alten Apparates schienen Thomas zu verhöhnen. Wutentbrannt und die Hände zu Fäusten geballt rannte er auf den Tisch zu und warf sich mit aller Macht dagegen.

Thomas stürzte über den Tisch hinweg und riss die Maschine mit zu Boden. Sie leistete keinerlei Widerstand. Er klemmte das Gerät unter den Arm, erhob sich und stürzte aus der Tür hinaus und die Veranda hinunter. Es wurde bereits dunkel und eine strenge Brise zog auf. Kaum war er um die Ecke der Hütte herum auf dem Weg zur Kellerluke, stieß ihm ein bekannter, eiskalter Wind entgegen der in fast von den Beinen riss.

„Oh nein, heute nicht!", schrie er dem Wind entgegen, der so stark war das er kaum Luft bekam sobald er der Mund öffnete.

Mit jedem Schritt versuchte der Sturm ihn stärker auf den Boden zu drücken. Dann wieder riss er ihn abrupt nach oben, aber Thomas kannte das Spiel. Er kauerte sich nahe am Boden und kroch beinahe auf allen Vieren weiter Richtung Luke.

Die Bestie heulte und fauchte, schnitt ihm schmerzhaft ins Gesicht, riss wütend an seinem Körper und der Schreibmaschine und doch wich Thomas keinen Schritt zurück. Vereinzelt wurden die Böen so stark das er aber auch keinen Meter nach vorne kam. Schützend drehte er seinen Kopf zu Seite und staunte.

Die Baumreihen des angrenzenden Waldes

zeigten keinerlei Anzeichen eines Sturmes. Er hatte erwartet das sich ihre Kronen und Wipfel im Wind ächzen und winden würden. Aber dem Anschein nach wehte dort, nur wenige Meter neben ihm, nicht einmal ein laues Lüftchen.

„Du hast es also auf mich abgesehen?", brüllte er inbrünstig und stemmte sich mit aller Kraft gegen die tobende Naturgewalt.

Je weiter er kroch umso mehr bemerkte er das der Sturm nicht stärker werden konnte. Stöhnend zog sich Thomas an den Rand zum Keller heran und richtete sich soweit auf, wie es ihm der unnachgiebige Wind erlaubte.

Mit letzter Kraft packte er die Maschine und schleuderte sie mit einem infernalischen Schrei mittig in den gähnenden Abgrund.

Mit dem Moment, als die alte Apparatur im Dunkel des Abstiegs verschwand, verebbte der Sturm völlig. Durch den nachlassenden Gegendruck stürzte Thomas nach vorne und wäre beinahe in das Loch hinterher gestürzt, fiel aber daneben auf den Boden. Das scheppernde, berstende Geräusch, das sich einige Male wiederholte, zeugte davon das die Schreibmaschine den Weg nach unten wohl nicht überstehen würde.

Thomas lag eine Weile im Dreck, schwer atmend, und vernahm die Stille, die dem Getöse gefolgt war, mit einem zufriedenen Lächeln. Er klopfte sich den Schmutz von der Kleidung und auch jetzt noch sah er wie Laub zu Boden sank, dass vom Sturm aufgewirbelt wurde. Vorsichtig versuchte er in der Tiefe etwas zu erkennen, jedoch erfolglos. So war er gezwungen in das Kellerloch hinein zu steigen, wollte er sicher gehen, welches Schicksal die Maschine ereilt hastte. Thomas folgte der Treppe nach unten. Schon nach wenigen Schritten sah er abgerissene Einzelteile der Schreibmaschine auf den Stufen liegen und am Fuße der Treppe zeichneten sich die verstreuten Überreste der einst stolzen Maschine ab. Thomas war zufrieden und unterlies es tiefer in die dunkle Gruft hinab zu steigen.

In der Hütte knisterte das Feuer im Ofen, der Raum war durchflutet von Wärme und Wohlbehagen. Thomas richtete den Schreibtisch wieder auf und weil er gerade dabei war, stellte er auch die übrigen Möbel wieder an ihren ursprünglichen Platz.

So verlogen gemütlich sich die Hütte in diesem

Moment gab, so sehr hatte er den Entschluss gefasst von hier zu verschwinden. Nicht heute, dafür war es bereits zu dunkel. Aber Morgen in aller Früh. Thomas wollte laufen, den Pfad entlang und dann würde es sicher nicht lange dauern bis er an einer Straße ankommen würde.

Thomas setze sich in einen der Sessel der Sitzgruppe nieder und überlegte, was dafür alles zu tun sei. Zu gerne hätte er jetzt eine Flasche Alkohol gehabt. Er hing dem Gedanken nach, wie sehr er einst einen kräftigen Schluck genossen hatte und das Behagen, das sich danach in seinem Körper ausgebreitet hatte. Die beruhigende Wirkung und die Gewissheit alles schaffen zu können. Aber kaum das er saß erschlug ihn eine bleierne Müdigkeit gepaart mit frostiger Kälte. Obwohl er es genau mitbekam und dagegen ankämpfte, wurden seine Glieder und seine Augen immer schwerer.

Seltsam entrückt von alledem kam es ihm vor als könne er sich selbst beim Einschlafen beobachten.

Kapitel Elf

Als er erwachte fühlte er sich fabelhaft, das Schläfchen war überaus erholsam.

Das Feuer im Ofen knisterte gemütlich vor sich hin und der Raum war noch warm. Offensichtlich war er nur kurz eingenickt. Krachen und knacken der Knochen beim Strecken waren ihm nicht fremd, es gefiel ihm sogar. Vermittelte es doch eine sonderbare Mischung aus Behaglichkeit und Tatendrang. Gähnend und streckend stakste er durch das Wohnzimmer, dessen Dielen zu seiner Verwunderung diesmal nicht bei jedem Schritt ächzten. Er öffnete die Tür zum Badezimmer, aber noch bevor er vollends darin verschwand erstarrte er. Das Zittern das durch seinen Körper fuhr war am Flattern der Tür zu erkennen, die er noch in der Hand hielt. An dem Kloß, der sich den Weg seinen Hals hinunter bahnte, erstickte er fast.

Ganz vorsichtig wich er einen Schritt zurück in den Wohnbereich der Hütte. Das Zittern hatte nicht nachgelassen, im Gegenteil, Thomas war derart verängstigt das er seinen Blick weiter stur nach vorne richtete, es nicht wagte den Blick zur

Seite zu wenden. Das jedoch, was ihm den Schrecken in die Glieder gejagt hatte, befand sich am Rand seines Sichtfeldes. Dennoch war er nicht im Stande seinen Kopf zu drehen. Lange kämpfte er gegen die Angst an und nur langsam wagte er es seinen Kopf zu bewegen. Das ängstliche Zittern durchfuhr seinen ganzen Körper.

Auf dem Schreibtisch sah er die Schreibmaschine. Völlig intakt stand sie einfach mitten auf dem Tisch, als wäre nie etwas geschehen. Nicht nur dass sie unversehrt zu sein schien, sie wirkte gar fabrikneu.

In Thomas' Augen spiegelte sich seine Verzweiflung, die Tränen konnte er nicht zurückhalten. Auch am zweiten Kloß drohte er beinahe zu ersticken.

„Was, was will du?", stammelte er ängstlich.

Wieder gab die Maschine keine Antwort, schien sich nur durch ihre Anwesenheit zu erklären. Thomas trat an den Schreibtisch heran, lies nach langem Zögern vorsichtig seine Finger über die Tasten gleiten. Sie fühlte sich echt an. Unwirklich kalt, aber echt.

Noch bevor er seine Frage wiederholen konnte wurde seine Aufmerksamkeit abgelenkt. Diesmal aber jagte es ihm keine Angst ein, es wurde seine Neugier geweckt. Das Bild an der Wand hatte sich verändert. Als Thomas dicht davor stand sah er es ganz deutlich. Die Fotografie zeigte nun nicht mehr ihn und Avian am Rande einer Preisverleihung, sie zeigte Avian mit einem alten Mann.

Thomas hatte das Bild schon einmal gesehen, zumindest einen Teil davon. Es war das Bild, dessen eine Hälfte er unten in dem alten Schrank gefunden hatte. Es war der heiter lächelnde Mann mit dem weißen Schnauzbart. Jetzt, vollständig, konnte man sehen wie er und Avian Arm in Arm in eine Kamera lächelten. Das Foto glich in seiner Konstellation dem von Thomas und Avian erschreckend. Wie aber konnte es hier oben sein und in einem Stück?

Er nahm das Bild vom Haken und löste es aus dem Rahmen. Es wirkte frisch, gar nicht ausgeblichen oder vergilbt.

„Für meinen Freund Avian, dein Tom Vincent Ideroff. 1964.", stand dort und Thomas bewegte die Lippen beim Lesen.

Auch auf diesem Bild sah Avian aus wie am heutigen Tag, erkannte Thomas beim Betrachten der beiden Männer

„Tom Vincent Ideroff", flüsterte er tief ergriffen und seine Augen glitzernden als sie sich mit Tränen füllten. Er war es also wirklich.

Als er dem alten Mann auf dem Foto tief in die kleinen Augen schaute empfand er Dankbarkeit. Dankbarkeit für die unbeschwerten Stunden in Thomas' Kindheit, die er durch die Bücher Ideroffs erfahren hatte. Dankbarkeit für die Hilfen die er, so war sich Thomas sicher, hier oben durch Ideroff erhalten hatte. Ihn überkam aber auch tiefes Bedauern. Bedauern darüber was diesem Mann hier oben wiederfahren sein musste. Bedauern darüber, dass niemand über sein Schicksal Bescheid wusste.

„1964", stellte Thomas abermals fest als er auf die beinahe neue Schwarzweiße Fotografie blickte. Er hob seinen Kopf und erst jetzt bemerkte er das alles um ihn herum so neu, so frisch und sauber war. Kein Vergleich zu dem knarzenden, alten Holz und den verlebten Möbeln wie bisher.

„1964", wiederholte er verständnisvoll.

Ehrfürchtig steckte er die Fotografie wieder in den Rahmen und hängte sie zurück an ihren

Platz an der Wand. Seine Gedanken blieben bei Tom Vincent Ideroff. Das Kreuz im Wald fiel ihm ein. Starb Ideroff hier oben? Warum endeten die Verbrechen 1964 so abrupt?

Der Stapel blütenweißer Seiten, den Thomas neben der Maschine liegen sah, ließ einen letzten, furchtbaren Verdacht aufkommen. Mit jedem Schritt den er auf den Schreibtisch zuging glaubte er die Texte besser erkennen. Sollte dies etwa das Skript sein, welches er dem Ofen zum Fraß vorgeworfen hatte? Thomas setzte sich an den Tisch und nahm zitternd die oberste Seite vom Stapel. Er konnte seinen Atem sehen und durch die dünne Wolke, die aus seinem Mund aufstieg, erkannte er mit Schaudern die Worte wieder.

Es waren Zeilen die auf den verbrannten Fetzen, die er aus dem Ofen gezogen hatte. Thomas stand der Mund offen, da tippte es an seine Schulter.

Er drehte sich um, vor seinen Augen sah er die Füße eines Mannes baumeln. Beim Blick nach oben aber alterte alles um ihn herum in Sekundenbruchteilen auf den von ihm gewohnten

Zustand, die Hütte und alles darin verfiel im Zeitraffer. Bevor er das Gesicht des Gehängten erkennen konnte umhüllte ihn ewige Dunkelheit.

***

Das plötzliche, hilflose Gefühl zu fallen ließ Thomas im Sessel aufschrecken. Es war so intensiv, dass es ihm jetzt noch flau im Magen war. Irritiert schaute er sich um, wusste aber gleich wieder wo er sich befand. Die unheimliche Aura eins gewaltigen Déjà-vus ergriff von ihm Besitz.

In der Hütte war es bitter kalt und fast dunkel Keine neue, frische Hütte. Keine neuen, frischen Hölzer. Im Ofen brennte nicht die Spur eines Feuers. Die alten Dielen knarzten und stöhnten beim Aufstehen, wie er es gewohnt war, und das knacken und krachen seiner Knochen brachte ihm jetzt kein Gefühl von Behaglichkeit oder Tatendrang. Ein pelziges Gefühl lag auf seiner Zunge, überdeckte den Geschmack von Erbrochenen nur dürftig. Jeder Versuch zu schlucken schmerzte ihn. Die Schmerzen in seinem Kopf waren unerträglich. Unzählige Gedanken kreisten in seinem verknoteten, morastigen Verstand umher.

Der trübe blutrote Blick, der durch seine milchigen Augen möglich war, lies eine verkommene, verloderte Einrichtung erkennen. Auf dem Couchtisch stand die alte, grüne Sporttasche und als er sich über das Gesicht strich bemerkte er den starken, wuchernden und ungepflegten Bart.

„Was zum, was zum Teufel?", lallte Thomas und kniff seine Augen mehrmals auf und zu. „Träume ich etwa?", fragte er sich bei dem was er sah.

Mitten in der Hütte stand wieder die Schreibmaschine. Alt und verdreckt, dem Rest der verlebten Hütte angepasst, aber allem Anschein nach funktionstüchtig. Neben der Maschine wieder ein akkurater Stapel Papier.

Einfach hinüber gehen war nicht möglich, bereits mit dem ersten Schritt stolperte er über etwas und begann zu torkeln. Die beinahe leere Flasche Scotch wirbelte über den staubigen Fußboden und hinterließ eine Tropfenspur, bevor sie an der Wand zerbrach und sich die stark riechende Flüssigkeit vom staubigen Boden aufsaugen lassen konnte. Mit Mühe gelangte er zum Schreibtisch und musste sich auf dem knorrigen Stuhl niederlassen um nicht umzufallen. Zunächst traute er sich nicht irgendetwas anzufassen. Sein Atem stank nach altem Scotch und es fiel ihm schwer seinen Kopf aufrecht zu halten. Aber zu guter Letzt nahm er allen Mut zusammen und schaute unter die alte, schwere Schreibmaschine. Schluchzend stellte er die Maschine wieder ab.

Er nahm eine der Seiten auf und sah abermals die Worte die er glaubte im Ofen verbrannt zu haben. Oder glaubte geschrieben zu haben, es waren die Zeilen seines letzten Manuskripts. Gefasst las er die Seite zu Ende, ebenso die nächste und die darauffolgende. Alle Seiten las er so und mit hoffnungslosen Augen ließ er das letzte Stück Papier zu Boden fallen.

Der Blick zum verstaubten, rostigen Ofen verriet ihm, dass dieser seit Jahren nicht mehr im Betrieb gewesen war und wohl so bald auch nicht mehr lodern würde. Lediglich die verkohlten Reste von Seiten konnte er durch das halb verbogene und ausgehängte Türchen erkennen. Im Stuhl ganz nach hinten gelehnt blickt er schließlich an die Decke der Hütte.

„Ich habe es verstanden, Tom", sprach Thomas leise aber gefestigt. „Ich habe es verstanden, jetzt erst habe ich es verstanden. Danke."

Unter dem Ächzen der maroden Stuhlbeine schob er sich samt Stuhl vom Tisch weg, erhob sich und schleppte sich langsam hinüber zur Abstellkammer.

Kapitel Zwölf

Die weiten Ledersitze waren zwar unglaublich bequem, boten aber nur unzureichenden Seitenhalt. Avian wurde hin und her geworfen während sich der massige Geländewagen über den schmalen Pfad durch den Wald quälte.

Die Fahrt dauerte deutlich länger und Avian hatte nicht sein typisches Grinsen aufgelegt. Mit ernster Miene und den Gedanken weit weg lenkte er den Wagen stoisch durch das Unterholz.

„Ich weiß", sagte er.

Tief grollend schaffte sich das gewaltige Auto schließlich auf die kleine Lichtung vor der Hütte. Avian stieg aus, schloss die Tür des Wagens und richtete seinen Anzug. Kein Ton war zu hören und alles war in ein kühles Grau getaucht. Als er die laubbedeckte Veranda mit den abgedeckten Möbeln sah, seufzte er tief. Avian ging an den Kofferraum des Wagens und nahm eine kleine Leiter, eine die man aufklappen und frei hinstellen konnte, sowie eine Schaufel heraus.

„Ich weiß, ich weiß", sagte er und stieg die alten Stufen des Vorbaus hinauf.

Die Schaufel lehnte er an das hölzerne Geländer und ohne zu klopfen oder sich anderweitig bemerkbar zu machen öffnete Avian die Tür. Lange Zeit blieb er mit der kleinen Leiter auf der Schulter am Eingang stehen und zeigte keine Regung. Dann holte er tief Luft, schluckte, nahm das Bild von ihm und Thomas vom Nagel und ging zum Schreibtisch. Dort legte er es auf den Stapel Papier und packte ihn zusammen mit der alten Schreibmaschine.

„Das ist es was du wolltest, gib nicht jedes Mal mir die Schuld", murmelte er.

Das Manuskript trug er zu seinem Wagen hinaus und legte es auf die Rückbank. Nachdem er wieder beide Hände frei hatte, drehte Avian die Maschine herum um darunter zu sehen. Als er auf die Inschrift auf der kleinen Plakette sah, huschte ein anerkennendes Lächeln über sein Gesicht.

Mit der Schreibmaschine ging Avian hinter die Hütte und schnurstracks auf die Kellerluke zu. Er öffnete die Falltür und verschwand für einen Augenblick im Keller. Schließlich tauchte er ohne Maschine wieder auf und verschloss sorgfältig die schwere Luke. Unter dem Arm trug er Thomas' versteckte Seiten aus dem Schrank, die er zu den anderen in den Wagen legte.

Zurück in der Hütte klappte Avian die Leiter auf und stieg hinauf.

Mit einem Handgriff löste er die Schlinge die um Thomas' Hals lag, nahm den leblosen Körper vom Strick und stieg mit ihm von der Leiter.

„Diesmal ist es eben so", wich er einer stillen Frage aus.

Avian legte den Körper über seine Schulter, das Gewicht eines Erwachsenen schien für ihn dabei keine große Rolle zu spielen, und griff mit der freien Hand die Leiter. Draußen stellte er sie an der Veranda ab und packte sich im Gegenzug die Schaufel. Dann betrat er durch das angrenzende, verwucherte Dickicht den Wald, ohne dass es sich ihm widersetzt hätte. Nach wenigen Minuten stand er an einem alten, hölzernen Kreuz, wo er Thomas zunächst an einem Baum ablegte und begann, direkt neben dem verwitterten Holzgebilde zu graben.

„Weil sie es eben genau so machen!", erklärte er trotzig.

Er schaufelte eine ganze Weile, der von Wurzeln durchzogene Waldboden leistete guten Widerstand. Als das Loch im Boden schließlich ausreichend groß war, legte Avian Thomas' Körper hinein. Einen Moment lang stand er still am Grab und es schien, als wolle er etwas sagen. Dann begann er es wieder mit Erde aufzufüllen.

„Keine Ahnung, du weißt warum. So fühlt es sich einfach richtig an", sagte Avian und strich die Erde glatt.

Zurück am Wagen packte er die Schaufel und die Leiter in den Kofferraum und nahm dafür ein Bündel, welches mit einem Tuch umwickelt war, heraus.

„Wir finden einen anderen, OK?", fauchte Avian während er mit dem Päckchen wieder im Wald verschwand. „Wie immer", ätzte er nach.

An der Stelle angekommen, an der er Thomas begraben hatte, wickelte er das Tuch vom Bündel ab und betrachtete die Holzteile. Es war ein neues Kreuz, das er mit Leichtigkeit in den lockeren Boden an dem frischen Hügel steckte. Mit dem Tuch wischte er den letzten Schmutz ab und schaute nachdenklich auf die beiden Kreuze hinab.

„Diesmal warten wir länger", forderte Avian.

Ohne ein weiteres Wort zu verlieren oder noch einmal zurück zu schauen, verlies Avian den Wald. Der Gesang der Vögel kehrte zurück und das sanfte Rauschen des Windes war wieder zu hören. Sonnenstrahlen brachen durch die Kronen der Bäume und tauchten alles in ein warmes, gelbes Licht.

Auf den Kreuzen sind noch heute die Inschriften T.V.I. und T.D.W. zu lesen.

Ein ganz besonderes Dankeschön an Daniel.

Zum Autor

Joseph Maria Gerhard, geboren und wohnhaft im hessischen Rhein-Main Gebiet, legt sich als Autor und Leser ungern auf ein Genre fest.
So findet er an Dramen ebenso Gefallen wie an Thrillern, Suspense-Kurzgeschichten und unterhaltsamen Abenteuern als auch Science-Fiction.
Erst spät damit angefangen, versteht er das Schreiben als kreativen Gegenpol zu seinem Berufsleben.
„Inklusorium" ist nach „Das Gras auf der anderen Seite" seine zweite Veröffentlichung.

Zurzeit versucht er seine weiteren Ideen in Romanform zu bringen.